中国青少年智慧阅读书系

不可不知的「政治雄才的谋略故事」

邓琼芳 编著

黑龙江少年儿童出版社

图书在版编目(CIP)数据

不可不知的 政治雄才的谋略故事 / 邓琼芳编著. --
哈尔滨 : 黑龙江少年儿童出版社, 2012.5(2023.1 重印)
(中国青少年智慧阅读书系)
ISBN 978-7-5319-3081-5

Ⅰ. ①不… Ⅱ. ①邓… Ⅲ. ①故事-作品集-世界
Ⅳ. ①I14

中国版本图书馆 CIP 数据核字(2012)第 082464 号

不可不知的 政治雄才的谋略故事 / 邓琼芳 编著

出 版 人:张 磊
策 划:宗德凤
责任编辑:夏文竹
美术编辑:梁 毅
绘 画:冰河文化工作室
责任印制:李 妍 王 刚
出版发行:黑龙江少年儿童出版社
(黑龙江省哈尔滨市南岗区宣庆小区 8 号楼 150090)
经 销:全国新华书店
印 装:北京一鑫印务有限责任公司
开 本:720mm × 980mm 1/16
印 张:10
书 号:ISBN 978-7-5319-3081-5
版 次:2012 年 5 月第 1 版
印 次:2023 年 1 月第 2 次印刷
定 价:38.00 元

目录

“吐儿冢”出的旷古书

商朝末年，商纣王建酒池肉林，设炮烙之刑，对内沉溺于酒色，奢靡腐化；对外残忍暴虐、荼毒四海，使得民不聊生，国势日渐衰微。

而在陕西渭水流域，周族的领袖季历被商王文丁杀害后，其幼子姬昌继承了王位，即周文王。姬昌即位后，广施仁德，笃行仁政，尊老爱幼，招贤纳士，发展生产，深受爱戴。同时，周围部落纷纷归顺，周族势力日益扩大。

周族的强大逐渐引起了商纣王的疑虑，害怕姬昌谋反。于是就找了个借口将姬昌抓了起来，囚禁在当时的国家监狱羑里（今河南汤阴城北）。而这时的姬昌已经是82岁高龄的老人了。在被囚禁期间，姬昌以其大智若愚的气魄，披沥七载，发奋钻研中华瑰宝先天八卦，融入天、地、人之关系，推演周易。

得知父亲被囚，姬昌的大儿子——天性纯孝的伯邑考毅然决定由自己携带珍宝到商做抵押，以求纣王释放年迈的父亲。见到伯邑考，一向对姬昌心存芥蒂的纣王，听说这位旷世奇才即使身陷狱中还潜心钻研周易，于是便想出了一个残忍的办法来对付他。

这天夜里，姬昌伫立在牢窗前凝望星空，仿佛看到了一幅鲜活的太极图。他闭上双眼，抬起右手，用手指在窗口虚画着伏羲八卦的方位，若有所思。这时，从牢房的大门处传来狱卒的迎驾声。如此深沉的夜晚，谁会来这里，又将干什么？姬昌预感到情势不妙。

不一会儿，使臣威风凛凛地来到牢房前，向姬昌传达纣王的指令：“姬昌，你听着，纣王专门派我们给你送来肉饼，并要看着你吃进肚里！”

姬昌强打着笑脸接过肉饼说：“多谢圣上恩典。”随即，他瞟了一眼肉饼，那颜色、那形状，跟平常所见的肉饼并无两样；只是近前一闻，却并没嗅到猪肉、牛肉或羊肉之类的气味。难道这肉饼里下了毒药，要秘密处死我？姬昌心中迅速盘算着。

“吃呀，你刚才不还感谢圣上恩典吗？”使臣催促道。

“我现在不饿，请允许我留下来慢慢品尝！”姬昌回答说。

使臣摇了摇头，厉声喝斥：“你怎么这么不识相！刚才不是说过，这是圣上要我们看着你吃进肚里的东西，哪能等你慢慢品尝？”

为了不引起怀疑，姬昌只得把肉饼强咽下去。

待姬昌将肉饼吃进肚里，使臣得意地奸笑起来：“人们都说你能掐会算，你怎么不算一算这肉馅是什么原料？”

姬昌冲上前去质问：“你们说，这是什么肉做的馅？”

“什么肉做的？”使臣傲慢地大笑道，“还是你自己掐算吧！”

使臣回去禀告纣王，纣王听罢抚掌大笑说：“谁说姬昌是圣人，他连自己儿子的肉都吃不出来！哈哈……”从此，就放松了对姬昌的警惕。

原来，为了检验姬昌算卦是否准确，纣王残忍地将伯邑考杀害，并用其肉做馅料而烹制成饼，送给姬昌吃。

事后，姬昌从好心的狱卒口中得知，自己吃下去的竟是爱子的血肉，一时间感到撕心裂肺般地痛。但他也很清楚这是纣王有意来试探自己。为了达成自己能一心“研卦”而不受阻扰的壮志，姬昌并没有誓死去报复商纣王。他每天都悄悄地跑到演易台的后边，把吃到肚里的肉呕吐出来。时间一长，那里便形成了一个小土丘，后人称为“吐儿冢”。

一方面，姬昌在狱中潜心研究，发奋治学，将伏羲八卦推演为64卦384爻，完成了《周易》这部千古不朽的著作。另一方面，在纣王逐渐放松警惕而终于放他回自己的领地后，姬昌暗中招兵买马，扩充势力。

后来，姬昌的小儿子姬发(周武王)继承了父亲的遗志，礼贤下士，拜姜子牙为军师，率兵讨伐商纣。最终使得纣王大败无路，纵火自焚。自此，姬发推翻了暴政，建立了周朝自己的统治，开创了历史上的盛世之基。周文王、周武王也因此成为历史上的贤明之君，被后世所景仰。

炼智

82岁高龄的周文王姬昌德高望重，这难免引起当权者的恐慌。而他被囚后依然潜心推演伏羲八卦之举，更是令商纣王妒惧不已。于是，一招惨无人道的毒计，父食子，便血淋淋地推到了姬昌面前。

虽然做了最坏的打算，推测肉饼里下了毒药，但为了不至于引起纣王的怀疑，为了一部天成的《周易》，为了有朝一日推翻暴政，姬昌当着纣王使臣的面毅然咽下了肉饼。可他不知道的是，天性纯孝的大儿子毅然决定由自己到商做抵押，以换得父亲回家；他更没想到的是，大儿子竟然被残忍杀害后做成了肉饼的馅料，被自己强咽了下去。

如此，道何以行？情何以堪？岂是一句撕心裂肺所能概括？只是，一部《周易》已经和姬昌心神合一、浑然天成了。所以，也就有了姬昌每天一边潜心推演，一边把吃到肚子里的肉呕吐出来。他呕出的是对爱子的愧疚，也更坚定了为了心中大业不能以死报复的隐忍之志。终于，一部千古著作《周易》问世；文王、武王也因此而千古流芳。

悟道

能"忍难忍处"，胸藏智识，腹隐韬略，这才是古人所说"天下有大勇者，猝然临之而不惊，无故加之而不怒；此其所挟持者甚大，而其志甚远也"的"豪杰之士"。这需要大见识，大度量，大胸襟，大气魄。

忍耐是在沉默中审时度势、排除万难、积蓄力量，是一种酝酿胜利的高超手段。这实际上体现了一种动态的平衡，是一种形式的转换。正是由于能忍者胸中自有远大的抱负，故而眼光长远，在对自己暂时不利的形势下，隐忍深沉，以图将来，终成他人所未有的大事。

美色得权贵 厚施买人心

中国古代的皇帝基本上都是世袭的，若偶有例外，则其背后大多有不同寻常的故事。春秋时期宋国的公子鲍（宋文公）就是其中的一例。宋文公，本名子鲍，又称公子鲍。宋昭公之庶弟。

当时的宋文公只不过是个贵族公子，按说怎么也当不上皇帝。可是，宋文公却是位“美而艳”的男子，身材健壮而修长。这让一个久居深宫的女人瞄上了，她便是当时权倾朝野的王姬。且说这个女人本是宋襄公的夫人，也就是当时宋国国君宋昭公的祖母。本已是半老徐娘的她在深宫寂寞难耐，被宋昭公的弟弟公子鲍的美貌所吸引，有意与他私通，却遭到了拒绝。

这可急死了王姬，可是公子鲍不愿意啊，怎么办呢？王姬便千方百计地想尽办法拍公子鲍的马屁。你公子鲍不是喜欢布施恩惠于国人吗？好，我帮你布施，还不愿意吗？那我干脆把宋国的江山也献给你做交换吧。

公子鲍向来志在天下，却长期隐忍不发；对待襄公夫人，他亦采取了不刻意排斥又不主动接近的态度。就这样一直到了宋昭公七年（公元前613年），宋国大灾，举国粮荒。而宋昭公每天还是以打猎为乐，不理国政，终日奢靡无度。

公子鲍早有心计，也想效法他人以散尽家财来收买人心。于是，他打开自家粮仓，给百姓放粮。不但敬老尊贤，而且做得还非常周到细致：凡是国中70岁以上的老人，都按月发放粮食衣物，并且还不断派人到一些老贤之人、有功之臣的家中去慰问，带去生活所需。对于那些有一技之长的人，他都罗致在门下，宽待厚养。宗族亲戚，不分远近，凡有红白喜事，其费用全由他出。

第二年，宋国的灾情并未得到明显改善，但公子鲍的粮仓已经空了。此时，就得到了那个长期以来维持了暧昧关系的“老女人”王姬的帮助，公子鲍得以继续筹钱聚粮，救济苍生。

至此，公子鲍已经赢得了良好的社会舆论，举国上下无不念其大仁大义。宋国人不论贵贱亲疏，都明里暗里愿意推助公子鲍成为一国之君。这时的襄公夫人就更不再支持自己的孙儿宋昭公，主动要帮助公子鲍除掉昭公。

宋昭公九年（公元前611年）的一天，王姬把昭公出去打猎的行程密告给公子鲍，让他乘机杀了昭公。

为了得到一个男人，送他一份大礼，这份大礼正是国家江山，谁能不动心呢？

公子鲍权衡了当时局势，觉得时机已经成熟，没必要再继续掩饰自己的目的。于是，公子鲍便派司马华耦在军中发布动员，说：“国母襄公夫人有命，今日要扶立公子鲍为国君；我们要同舟共济，共同讨伐无道昏君，拥戴明主！大家认为如何？”

由于公子鲍长期的恩泽四布，军中上下都对他敬仰已久，早就有扶持公子鲍主理国政之意。此言一出，军中的将士们都叫到：“愿意从命。”就连老百姓听闻公子鲍要夺取王位，也是无不云集响应。

命令颁布完了以后，司马华耦就带着兵马出城，去追赶昭公。不一会儿，便把昭公团团围住，并再次传襄公夫人口谕：“单诛无道昏君，不关其他人的事。”宋昭公昏庸一世，临死前却也留有一丝仁义，用手挥动着让左右的人散开，赐予逃生。最后，终于死在一拥而上的兵士们的剑下。公子鲍身边的亲侍聚众启奏襄公夫人：“公子鲍仁厚得民，宜嗣大位。”于是，在众人的拥戴中，公子鲍成为国君，这就是后来的宋文公。

隔年（宋文公元年，公元前610年），晋灵公即派大将荀林父与诸侯出兵伐宋，追究此事。但因宋文公广得民心，又贿赂诸侯，诸侯反承认其合法地位，此事遂不了了之。好在宋文公彬彬有礼，治国有方，比昭公更会料理国事，也称得上是一个合格的皇帝。

宋文公因帅得国的千古神话成为了现实，只是不知道他与王姬的私生活是否如意。

炼习

公子鲍谋求的是天下至尊至大之位，可谓非分之想，不是寻常手段所能达到的。其中，虽然有权倾朝野的宋襄公夫人从政权的核心鼎立相助，但公子鲍也就是后来的宋文公也深谙“欲得先舍”之道，实践着老子“将欲弱之，必固强之。将欲废之，必固兴之。将欲取之，必固与之”的教诲。

这种欲取先予的战略，比直接去“求”更容易让对方接受，甚至得到的比最初计划的更多。因为，主动的给予仿佛春风化雨，润物无声，得到了天下至为难得的人心，淡化了“取”的动机，在不知不觉中便成就了一番伟业。公子鲍舍得了钱粮，换取了人心；舍去了一时的荣华，却赢得了天下。

悟理

欲擒故纵之计，也即“欲取先予”的一种方法，体现了投入与获取之间的辩证关系。看似矛盾的一对关系，实则是阴阳互变、相互转化的。“擒”是目的，“纵”是方法；“取”是理想，“予”是手段。

“绝缨之宴”得忠臣

楚庄王时，大臣斗越椒趁庄王率兵攻打陆泻时起兵谋反，楚庄王获知后赶紧撤兵回国平叛。斗越椒武艺高强，箭法很准。庄王连打了几个败仗，还差点被斗越椒一箭射死。后来多亏一个叫养由基的小军官一箭射杀了斗越椒，楚庄王才算平了这场叛乱。

公元前606 年，楚庄王大胜叛党，班师回朝。回到郢都后在宫内大摆筵席，一来庆贺，二来嘉奖有功人员。群臣畅饮到傍晚，酒兴还都未尽。庄王命令点燃蜡烛，继续狂欢。

眼看大家兴致都很高，庄王又命宠姬嫔妃出席助兴。于是，席间丝竹声响，轻歌曼舞，美酒佳肴，觥筹交错。

这时，天已全黑，外面狂风大作，好像要下雨的样子。而烛火通明的大殿之上，忽地，从舞女中转出一位绝色佳人：满头珠翠，颤巍巍无数宝钗簪；遍体幽香，娇滴滴有花金镂钿。脸蛋如三月桃花，纤腰似春之杨柳，说不尽的体态风流，丰姿绰约。

这位美若天仙的女子一出现，便让文武百官大饱眼福，可谓是秀色可餐。她不是别人，正是楚庄王最宠爱的嫔妃许姬。此刻，她奉庄王之命为群臣斟酒，许姬娇媚多姿，出来给大家敬酒更加增添了几分欢快的气氛。只见她轻盈如燕，一会儿飞到东，一会儿飞到西。群臣个个着迷，疯狂的喧闹顿时安静了许多。正当她给大家一一敬酒时，一阵大风吹来，把大厅里的烛火全吹灭了。这时有人趁着黑灯瞎火之际，扯住了许姬的衣裙，拉住了许姬的手想调戏她。许姬非常聪明，她反应很快，撕

断衣袖得以挣脱，并且乘机把那人的帽缨扯断，抓在手里。

许姬倒也有些心计，她并未声张，而是快步来到庄王面前悄悄地说："刚才有人趁黑扯我的衣服，我已顺手把他的帽带扯了下来。大王赶快点上灯，看谁的帽上没有了带子，就是谁犯下了非礼之罪。"

调戏君王的宠姬，无疑是对君王的羞侮，是大逆不道的行为！但庄王想了想，却高声喊道："切莫点烛！寡人今日要与诸卿开怀畅饮，不用打扮得衣冠齐整了，大家统统把帽子摘下来吧！"

文武官员莫名其妙地把帽子都摘下后，蜡烛才被点亮。这样，庄王和许姬始终都不知道拉袖子的那个人是谁。

散席后，许姬闷闷不乐，十分气恼地对楚庄王说："男女有别，君臣有义。我代表君王斟酒受人调戏，王却不加追查，怎么能严君臣之礼、男女之分呢？"

楚庄王笑着回答："今天是我请文武百官来喝庆功酒的，大家本来都很高兴。君宴臣，本来应在白天，按礼讲不能超过三杯。我却在晚上设宴，先已失礼。大家喝酒不少，酒后出现各种狂态，本是人之常情。我若追查定罪，国士们都会寒心，还会说我只会宠信妇人呢！如果按你所说把那个人查出来，显示了你的贞节，却让群臣不欢而散。那么大臣们看到我的胸怀和度量如此之小，以后还有谁会为我拼死效劳呢？"许姬听了，不由佩服起楚庄王的智慧来。

后来，楚国与郑国交战时，前部主帅的副将唐狡自告奋勇率百余人充当先锋，为大军开路。他攻无不克，战无不胜，使楚军顺利前行。

楚庄王十七年(公元前597年)，楚庄王亲自率领军队攻打郑国，不料被郑国的伏兵围困住，正在危急时刻，楚军的副将唐狡单枪匹马冲入重围，救出了楚庄王，庄王对他的勇敢又感动又吃惊，忍不住问他说："我德行浅薄，平常并没有对你特别好，你为何这样把生死置之度外而为我效力呢？"庄王于是要重赏唐狡，唐狡辞谢说："绝缨会上，扯许姬衣袖的正是下臣，蒙大王不杀之恩，所以今日舍身相报。"庄王听后恍然大悟。

唐狡红着脸说："臣下犯下欺君死罪，大王却气度宽宏，不忍心纠察此事治罪于我，维护了我。大王的仁德让我一直在想着怎样报答。现在好不容易有了机会，我还有什么可顾惜的呢？"

楚庄王听了感叹不已，于是便重用唐狡率兵退敌。楚军终获大胜。

炼习

既然有许姬手里的物证，只要点上蜡烛看看谁的帽子上没有缨带就可以找到调戏之人了。但是，楚庄王明明可以查出非礼的大臣是谁，但却故意放过了他，这样的胸怀不可谓不宽阔，要知道，在古代，人们对"礼法"是非常看重的。

宽待绝缨之举的结果却是得到唐狡出生入死的报答。这就是明知故昧所见的奇效，其核心就是宽容。与人相处中，对于非原则问题，不妨"睁一只眼，闭一只眼"，所谓"水至清则无鱼，人至察则无徒"。楚庄王深得"宽容"之道。

悟理

儿童往往会犯错，父母基本都能宽容教诲。成人因有所蒙昧，也会一时犯错，遇到这种情况，也应该像楚庄王一样，要有点"包容"的精神，这就是俗话说的"宰相肚里能撑船"。

宽容是一种美德，宽容更是一种胸怀。抱着不要求全责备的心态为人，将会获得更广泛、更轻松的挚谊。

“良弓”自藏，“走狗”被烹

公元前475年，越王勾践做好了充分准备后，大规模地进攻吴国，吴国接连吃了败仗。越军把吴都包围了两年，吴王夫差被逼得走投无路，说：“我没有面目见伍子胥了。”说完，就用衣服遮住自己的脸，自杀了。

越王勾践一举灭吴雪耻之后，与齐、晋等诸侯会盟于徐州（今山东滕县南）。诸侯皆前来祝贺，勾践号称霸王，成为春秋、战国之交雄踞天下的佼佼者。范蠡也因谋划有功，官封上将军。

勾践称霸的最大功臣有两个，一个是范蠡，一个是文种。

范蠡，字少伯，春秋末年楚国宛县（今河南南阳）人。年轻时，他曾师从奇人计然。对于范蠡的才学，越国大夫文种非常敬佩，便把他推荐给越王勾践。由此，范蠡成为勾践的主要谋士，开始走上了“平吴霸越”的坎坷之路。

周敬王二十六年（公元前494年），越王勾践被吴王夫差打败，退守会稽。于是，勾践采纳了范蠡的计谋，向吴国称臣纳贡，并带着老婆和范蠡亲自去吴国做人质。当时，吴王夫差听说范蠡很有才能，劝他弃越归吴；越王勾践担心范蠡真的会离他而去，只好伏地哭泣。可是，范蠡却“不卑不亢”地回绝了吴王。

范蠡陪着勾践在吴国当了几年人质。后来，他们又一起回到越国，卧薪尝胆，发愤图强。可以说，范蠡绝对称得上是跟勾践“共患难”的大臣。

文种是越国大夫，勾践夫妇偕大夫范蠡质于吴，文种主持国政。他焦思竭力，恢复生产，治理国政，“外守疆土之界，内修耕战之备，无遗荒土，百姓亲附”。勾践归国，问政于种，种曰“爱民而已”。

文种又总结商周以来征伐经验，提出伐吴九术。其九术为：一曰尊天地，事鬼神；二曰重财帛，以遗其君；三曰贵籴粟缟，以空其邦；四曰遗之美好，以劳其志；五曰遗之巧匠，使起宫室高台，尽其财，疲其力；六曰遗其谀臣，使之易伐；七曰强其谏臣，使之自杀；八曰邦家富而备器；九曰坚厉甲兵，以承其弊。勾践仅用其中三术而灭吴。

勾践称霸之后，越国群臣为了向他陈表忠心，特别准备酒宴，大肆庆功。这就是史上所说的"吴王亡身余杭山，越王摆宴姑苏台"。在举国欢庆，群臣欢喜之时，独有高坐在上的勾践皱眉不语。

这细微的表情被善于察言观色的范蠡看在了眼里，顿时心中已明了了几分。他想：勾践处心积虑为图霸业，不惜用群臣生命作代价；而大业已成，如愿以偿，此时又怎能愿意让大臣们把功劳分去？常言道："大名之下，难以久安。"更何况与越王深谋二十余年，深知勾践的为人是可以共患难，而难以同安乐。既然功成名就，不如趁此急流勇退。

想到这里，他毅然决定向勾践告辞，请求退居山林；并书信一封，说："我听说主上心忧，臣子就该劳累分忧；主上受侮辱，臣子就该死难。从前，君主在会稽受侮辱，我之所以没有死，是为了报仇雪耻。现在仇已报耻已雪，我请求追究自己使君王受会稽之辱的罪过，放逐我到山野之地吧。"

面对这个要求，勾践不由思前想后。他先做出一副伤心欲绝的样子，泪眼蒙蒙地说："先生一走，我还有谁能倚靠？假若先生留在我身边，我会与您共享越国。"

范蠡不为所动。

"先生！"勾践一看范蠡去意已决，突然变得严厉起来："倘若不遵照我说的做，你必将身死名裂，连带妻子儿女也要一同被杀！"

政治头脑十分清醒的范蠡，对于宦海得失、世态炎凉，自然品味得格外透彻。自然知晓"共分越国"纯系虚语，不敢对此心存奢望。他一语双关地说："君行其法，我行其意。"

事后，范蠡不辞而别，只身仅带奴仆驾一叶扁舟，入三江，泛五湖，不知所往。他早就想到，自己走后，越王不但不会故意为难他的家人，还会因为怀念故情而嘉赏。

事实果然不出范蠡所料。越王赐封给他的妻儿百里之地，命人铸造了一尊他的金像置于案右，好像他仍同自己在朝议政一样。人走了，留下的只是一尊金像，可以崇拜，借此沽名钓誉。但对还留在朝中的功臣，勾践却是另一种态度了。

且说范蠡跳出了是非之地，又想起曾有知遇之恩、同舟共济多年的文种，遂给他写了一封信，劝说道：“凡物盛极而衰，只有明智者了解进退存亡之道，而不超过应有的限度。俗话说：‘飞鸟尽，良弓藏；狡兔死，走狗烹。’越王为人，长颈鸟喙，鹰眼狼步，可以共患难，不可以共安乐，先生何不速速出走？”

文种接到范蠡的信，恍然大悟，便自称有病，不再上朝理政，但为时已晚。不久，就有人诬告文种企图谋反，勾践赐文种一剑，说：“先生教我九条伐吴之术，我仅用了其中的三条就将吴国灭掉，还有六条深藏于先生胸中。请去追随先王，试行余法吧。”这分明就是赐死。再看所赐之剑，乃吴王当年命伍子胥自裁之剑，这真是历史的莫大嘲弄。文种至此，一腔孤愤无以言表，仰天长叹：“我始为楚国南阳之卒，终为越王之囚，后世忠臣，一定要以我为鉴！”遂引颈自刎而亡。

范蠡出走后，秘密来到了齐国，躬耕劳作，置产数十万。后定居于陶（今山东肥城陶山，或山东定陶），经商积资巨万，称“陶朱公”。

炼智

范蠡和文种对待进退的态度不同，自然会有两种截然相反的结局。作为一名具有远见卓识的战略家，对社会人生具有深刻洞察力的思想家，范蠡凭借多年的从政经验，深深懂得功高震主的道理。所以，他没有像“忠臣”文种那样，苦苦打拼于政治漩涡，而是急流勇退，见好就收，从而避免了在政治斗争中成为牺牲品的悲剧。

悟理

只知进取而不懂引退，就是《易经》“乾卦”所说的“亢”，也就是过分的意思。所谓物无美恶，过则为灾。保留一份“花未全开月半圆”的余地，才能体味到更广阔的人生。

两个桃子引发的血案

大殿之上，三名骁勇凶悍的武将挺拔而立。他们面前摆放着一个金色的托盘，盘里摆着两只皮薄肉粉的桃子。

这是春秋后期齐国的景公之殿，三名武将名叫古冶子、田开疆、公孙接，都是齐景公手下最得力的战将。因三人英勇无敌、战功赫赫，故深得景公重用。

当时齐国田氏势力越来越大，直接威胁着国君的统治。而田开疆正属于田氏宗族，相国晏婴担心"三杰"为田氏效力而危害国家，屡谏景公除掉"三杰"，然而景公爱惜勇士，没有表态。

三人因秉性相投而结为兄弟。但他们居功自傲、自恃甚高，在朝中蔑视百官，在街井横行而过，就连身为相国的晏子也不被他们放在眼里。晏子曾多次劝说他们改恶从善，可不但毫无所获，一天，晏子从他们身边经过，小步快走以示敬意，但这三个人却一动不动，非常失礼。最后，与晏子相遇时连招呼都懒得打了。晏子看在眼里，忧在心上。于是，便心生一计，有了这出"桃子宴"。

原来，在此之前晏子曾进宫面见齐景公，详细禀明了古冶子、田开疆、公孙接三人的种种劣迹，最后干脆说："我听说，贤能的君王蓄养的勇士，对内可以禁止暴乱，对外可以威慑敌人；上面赞扬他们的功劳，下面佩服他们的勇气，所以使他们有尊贵的地位、优厚的奉禄。而现在您所蓄养的勇士，对上没有君臣之礼，对下也不讲究长幼之伦；对内不能禁止暴乱，对外不能威慑敌人。这些祸国殃民之人，不如赶快除掉他们。"

经晏子百般说辞后，景公也心有所动，担心日后这般无人能敌的“武士”成为自己君权的威胁。可是一时间又没有具体办法，便问晏子：“这三个人力大无比，与他们硬拼，恐怕拼打不过；暗中刺杀，又恐行刺失手，有谁能够办得了这件事呢？”

晏子说：“这些人虽然力大好斗、不惧强敌，但却不讲究长幼之礼。”说着，便上前附在景公耳边，把心中之计细细道来。

齐景公听完后，瞪大了眼睛看着晏子，一时间又别无其他更好的方法，只得依计而行。晏子准备停当后，由齐景公宣来三位猛将，说要设宴赏赐他们。三人听说国君有赏，当然兴冲冲地前来。到了殿前，却看见案上有一个华丽的金盘，盘子里是两个娇艳欲滴的大桃子，一阵芬香扑鼻而来。

三个勇士顿时流下了口水。晏子不慌不忙地对他们说：“三位都是勇士，国君要请您们品尝美味的桃子。可是只有两个，就请将军们根据自己的功劳来分这两个桃子吧。”晏子露出一副很为难的样子。

面对两个桃子，三位勇士各自逞能。公孙接首先抢了头，着急地说：“我曾随景公猎于桐山，忽然于西山之中，赶起一只猛虎来。其虎奔走，径扑景公之马，马见虎来，惊倒景公在地。当时我不用刀枪，双拳直取猛虎。左手揪住项毛，右手挥拳而打，用脚望面门上踢，一顿打死那只猛虎，救了景公。我能够空手捉野猪、搏猛虎，像我这样的功劳，足能够吃上一个桃子了。”说罢便伸手拿了一个桃子。

田开疆见只剩下一个桃子，心中不免慌张，马上说：“一日秦兵犯界，景公引军马出迎，被秦兵杀败，围在凤鸣山。我用铁铲一条，约至150斤，杀入秦兵之内。秦兵十万，措手不及，救出景公。我曾多次打退三军敌人，劳苦功高，难道还不配吃一个桃子？”说着也拿了一个桃子。

古冶子一看，两个桃子都被他们拿去了，不禁勃然大怒，说：“我曾随景公渡黄河，一只巨鳖把景公的马衔住拖入激流之中。我潜入水里逆流百步，又顺流九里，才找到巨鳖把它杀了。然后，左手拖住马尾，右手抓住鳖头，从水里一跃而出，连当地的人都把我当成了河神。像我这样的功劳，完全可以自己单独吃一个桃子。你们二人为什么还不把桃子退回来？”说着竟拔剑而起。

没想到，公孙接和田开疆二人非但没有拿剑相对，反而深感兄弟之愧，面露惭色地说：“是啊，我俩的勇武都赶不上您，功劳也不及您大，拿桃时却不知谦让于您，这就是贪婪啊！如此丢脸之为，还有什么勇敢可言？只有以死来一洗羞愧了。”说时迟那时快，只见二人放回了桃子，刎颈自杀了。

古冶子大惊，直恨自己没有及时拦住他们。抱着二人的尸体，古冶子叹息道：“兄弟已死，唯独我自己活着，这是不仁；用话语去羞辱别人，吹捧自己，这是不义；悔恨自己的言行，却又不敢去死，这是不勇。如此不仁不义不勇，我还有什么脸面苟活于世！”说罢，拔出利剑，猛地一横。至此，三个勇敌十万大军的壮士便这样被两个小小的桃子轻而易举地除掉了。

景公派人给他们穿好衣服，放进棺材，按照勇士的葬礼把他们葬于都城南，墓称“三士冢”。

炼智

二桃胜过十万兵，面对勇武异常的三兄弟，只可智取，不能力敌。晏子以“二桃”为道具，出于维护当时至高无上的君主统治而导演了一出借刀杀人的惨剧。不过，三兄弟并非真的为了馋嘴而死，这把“刀”实际上也不是桃子，而是名声、荣誉感和自尊心。

晏子此计之所以成功的关键在于抓住了对手的特性和致命弱点，使其自相残杀。晏子所抓住的特性是三人都居功自傲，谁也不服谁，致命弱点是把名声、荣誉和自尊心看得比生命还重。可见，虚荣心是多么要不得，智谋的力量是多么惊人！

悟理

在现代社会中，除了名声、荣誉、自尊心这些“刀”之外，还增添了金钱、权力等形形色色的诱惑。青少年朋友不可不引起警惕，别让这些“弱点”上身啊！

七十老妪成“新娘”

战国时期，魏国东北部有一座小城邺县，人烟稀少，田地荒芜，百业萧条，一片冷清。魏文侯为此颇为苦恼，调集数位谋臣良将商议，却找不到其病根所在。

这一年，当时享有治政盛誉的西门豹被派往邺县担任县令。

初到邺县，西门豹眼前所见果然是一片萧条景象，便召集当地父老们询问：“这里为什么这样贫穷啊？你们感到最大的疾苦是什么？”

百姓们说：“我们最大的疾苦是为水神河伯娶妻，也正因为如此，这里才如此贫穷萧条。”

“河伯娶妻？”西门豹对此感到不可思议，连忙追问详细情况。

原来，邺县有条大河叫漳河。县里的巫婆说，水神河伯每年都要娶一个年轻漂亮的姑娘做媳妇。如果人们满足了这个要求，河伯就会保佑这里风调雨顺。不然的话，河伯就会发怒而兴风作浪，一场洪水就会把两岸的粮食全部冲光，人畜也会被淹死。

所以，官吏和乡绅们每年都要向老百姓征收为河伯娶妻的赋税。最后汇总上来，征收的钱多达数百万，但用于为河伯娶妻的只有二三十万——无疑，剩下的，就全被官吏乡绅和巫婆分掉了。

巫婆的腰包塞满后，就出来挨家挨户地查看。相中谁家的姑娘，就说：“这个女孩应该做河伯的媳妇！”被指定的姑娘不容分说地就会被沐浴，置办新衣。并在河边建造斋宫，强迫姑娘到里面去斋戒。到了河伯娶妻那一天，装饰好嫁女用的床席，把姑娘抬到上面。然后连人带床一齐推下水去，床席漂浮一会儿后就沉下去了。久而久之，有年轻漂亮女儿的人家大都举家逃往外乡。所以邺县人口也就越来越少，人们的生活日益贫穷。

西门豹问："那么漳河发过大水没有呢？"

老大爷说："没有发过。倒是夏天雨水少，年年闹旱灾。"

西门豹一边听一边心有怒气，但最后却仍然不露声色地说："这样说来，河伯还真灵啊。下一回他娶媳妇，请告诉我一声，我也去送送新娘。"

西门豹是个无神论者，当然不会相信给河伯娶媳妇那一套，他只是想整治一下借迷信敛财祸害老百姓的人罢了。

到了给河伯娶媳妇的日子，漳河边上站满了老百姓。这一天，西门豹带着卫士真的来了。

巫婆和官绅急忙迎接。大小官吏、乡绅及父老乡亲们共有二三千人前来参加给河伯娶妻的仪式。主持仪式的大巫婆已有70岁了，身后还跟着十来个年轻女弟子。

西门豹对大巫婆说："把河伯的新娘子叫来，让我看看她长得怎么样。"

新娘子被领到西门豹面前，只一瞥，西门豹便说："哎呀，真丑！烦请大巫婆去向河伯报告，说我们另选美女后天送来。"说完，不由分说就叫衙役抱起大巫婆往河里扔。只听扑通一声，那巫婆在水中挣扎了几下就沉下去了。

过了一去儿，西门豹故意左右踱步，一副着急的样子："这大巫婆怎么下去这么久还不回来呢？叫一个弟子去催催她。"于是又叫衙役扔了一个女弟子下去。一会儿功夫，三个弟子被这样接二连三地扔下河去。

河面"扑扑扑"地几声闷响后，又恢复了平静。西门豹显然是等得不耐烦了，转身对两个衙役说："这些女人真是不会办事，请三老替我去说明情况。"话音未落，早有几个衙役上去，把那几个与巫婆同流合污的"三老"投下水去了。

然后，西门豹走到河边，插着簪笔，低头弯腰，向河中行礼。恭恭敬敬地站了好一会儿，而后说："河伯真是热情好客，他们这些人都一去不回了，这可怎么办啊？是

不是再请两个人下去看看呢？”那些官吏、乡绅们早已吓得魂飞魄散，一个个跪在地上磕头不止，请求县令大人不要把他们投入河中。

这时，西门豹突然一改和气之容，厉色道：“这河里哪有什么河伯？分明是巫婆和你们靠此发财！害死了多少良家女子，搜刮了多少民财。现在，那几个罪大恶极的都已得到了惩罚。今后谁要是再提为河伯娶妻的事，就让他见河伯去！”

从此以后，邺县再也没有过抢女征税的事了，那些逃到外乡去的人也陆续回来。西门豹亲自带领百姓勘测水源，在漳河周围开掘了12条沟渠，把黄河水引来灌溉农田，使大片田地成为旱涝保收的良田。老百姓因此而家给户足，生活富裕。

西门豹征发老百姓开挖12条渠道的时候，老百姓稍微感到有些厌烦劳累，就不大愿意。西门豹说：“现在父老乡亲虽然认为因我而受苦，但可以预期百年以后子孙后代会想起我今天说过的话。”直到现在，邺县都能得到水利的便利。

与此同时，西门豹还实行了“寓兵于农、藏粮于民”的政策，很快就使邺县民富兵强，成为战国时期魏国的东北重镇。

炼智

西门豹管理邺县，了解到当地的官绅和巫婆勾结在一起危害百姓的行径，并没有简单地制止，而是设计破除迷信，并大力兴修水利，使邺县重新繁荣起来。

对于当时人们普遍迷信的社会现实，西门豹用“以毒攻毒”的智谋，用毒药来治疗毒疮，用恶毒手段来对付恶毒。这近于请君入瓮法，或者说，是以其人之道，还治其人之身。它往往能收到拔本塞源、彻底根治的效果，非正面整治所能及。

“以毒攻毒”并不是“以牙还牙，以眼还眼”的那种“毒”。“攻毒”的目的在于解毒。一旦毒解，见好就收。否则，往往会酿成大祸，离“以毒攻毒”的初衷也就相去甚远了。

悟道

有时候，对于荒谬的理论或者行为，不妨按照其逻辑，演绎出更加荒谬的事情来，如此，对方就能不攻自破。

两份奏折的遭遇

公元前356年，齐威王即位。之后的好几年时间里，齐威王日事酒色，不理政事，以致韩、魏、鲁、赵等国知悉后不断侵犯齐国的边境，出现了“诸侯并伐，国人不治”的局面。对此，齐威王也从不加以理会。

这样的局面直到一个平民身份的百姓邹忌求见时，才发生了天翻地覆的改变。有一天，齐威王打猎回来，准备大宴群臣。这时候，下面有一个侍从说：“国君，外面有个人，是个琴师，他说他弹的琴是全国最好的，说要给您弹一曲。您想听吗？”齐威王说：“那就让他进来给我弹一曲，听一听呗。”这人就是邹忌。

邹忌落座之后，就开始调琴，调好了就坐在那里，不言语了。齐威王等了半个时辰，邹忌还是没弹。齐威王等着急了，说：“你到底会不会弹啊，别耽误工夫啊。”“哟，我说国君，您还知道着急呀，我这才刚待多一会儿啊，您站在国君的位置上三年了，您干了什么了？您没瞅见那天下人都等急了？我这么会儿您就急了。”

实际上，齐威王早就做好了“不飞则已，一飞冲天；不鸣则已，一鸣惊人”的准备。这个时候齐威王懂了，马上聘邹忌为相，整顿朝廷，用贤臣、除奸佞，恤民养战，开始了他使齐国强大的举措。

齐威王首先从吏治着手重整朝纲，奖功臣罚罪臣，也就有了史上著名的齐王“信赏必罚”的原则。他向手下大臣抛出一个问题：齐国72个县，哪个县令最贤？哪个县令最坏？

很快递上来两封山东省的奏折，是反映当地地方官治理政绩的汇报，内容却截然相反。齐威王首先看了那份颇有微词的奏章，是说即墨(今山东平度市东南)大夫荒淫无度、仗势欺人，使得当地百姓怨声载道、民不聊生。而另一份奏折则与之完全相反，尽是溢美之词；表功的对象是阿城(今山东阳谷县东北)大夫，说他勤政爱民，使得当地民安土沃、生活富足。

两份奏折拿在手里，齐威王并没有显示出任何的偏倚之态。这个时候齐威王留了个心眼，是真是假还得自己去判断。于是分别派出两拨人马，亲自去两个地方实地调查。结果是，折子上被检举的即墨，荒地得垦，人民富足，当地百姓一致表示即墨大夫勤理政务，为人正直。出乎意料的是另一方，被赞许的阿城当地不但田园荒芜，人民贫穷得无以为生，而且鄄在被赵国攻打时，阿城大夫并未派兵救援，后所辖之地又被卫攻占的时候，他竟然也毫不知情。

为何呈报上来的奏折所写内容和实际情况完全相反呢？齐威王对此上下不一的政风大为不悦，决心借此机会痛整朝政；但表面上却含而不露，只是分别下令两地大夫前来觐见。两位大夫对奏折一事也略有耳闻，被褒扬的阿城大夫不禁显出得意之色。

首先被接见的是即墨大夫。令齐威王略感意外的是，他并没有因为奏章上的微词而心虚胆怯，反而一副凛然正色。

齐威王故作严厉地说："自从你担任即墨的大夫以来，我几乎每天都可以接到诽谤你的报告。"

即墨大夫冷静地回答："那么，大王有没有派人亲自去即墨看看呢？"

齐威王说："是的，我的确派人前去调查即墨的情况，却看到田野不断被开拓，人民的生活富足，衙门事务也处理得有条不紊，使我国的东方边境没有任何危险的事情发生。"

这时，即墨大夫才微露笑容地说："大王可知为什么会这样呢？这是因为我把精力全部放在了尽心治理即墨之上，而忽略了结交您身边的近臣。"

话音刚落，齐威王大笑，当众对文武百官说："齐国有这样的良臣，何愁大业不成？"随即把万户土地封赏给即墨大夫。

接着，齐威王又召见阿城大夫，对他说："自从你担任阿地大夫以来，天天都有称赞你的话传入我的耳朵。可是当我派人去调查阿地的实际情况时却发现，不但田园荒芜，人民也贫穷不堪。而且在鄄被赵国攻打时，你并未派兵去救援，就连卫攻占薛陵的时候，你也毫不知情。虽然我不断听到对你的赞扬，但这正表明了你在贿赂我身旁的亲信。”

面对这样严厉的斥责，阿城大夫甚至还没有反应过来，就被齐威王处以了烹刑。而后，齐威王又对身边接受贿赂的亲信一一处罚。

在采取这些赏罚措施之后，齐国上下震动，人人不敢隐过饰非。想想都觉得恐怖，那个倒霉的县官竟然被烹了，前车之鉴的震慑力太大了。于是臣僚们毛骨耸然，不敢再弄虚作假，都尽力做实事。

齐威王接着开始对近十年来侵犯齐国领土的诸国进行一一回击。西攻赵、卫，并在浊泽（位于河南省）大破魏军，包围了魏惠王。惠王震惊，只好以归还观（位于现今山西省）为条件请和。赵国也将所侵占的北边长城归还齐国。

如此一来，齐国的众官员更加信服威王，个个尽忠职守。齐国因此逐渐强盛起来，成为称雄天下的强国。

炼智

齐威王做事情做到了三点，第一个是重事实。身边的人，说好说坏他不听，他自己不偏听偏信也不匆忙表态，而是派人去调查；第二点是重调查研究。自己亲自派人调查核实了；第三，重赏罚。在核准事实的基础上，当奖则奖，当罚则罚。

齐威王前期在表面看来似乎不理政事，其实却不是一个草包。他没有被表面现象迷惑，赏罚分明，从而使人人尽责守职，国力逐日强盛。如此，一个良性循环在齐威王“用赏者贵信，用罚者贵必”的原则下日久形成。

信赏必罚，赏罚公正，自然可感化众人弃恶从善。值得一提的是，在重赏的同时也要重罚。罚的威胁可以让那些投机取巧的人有所忧惧。如果惩罚不明，即使赏得再周到也不会起到什么大的作用。

悟智

正人先正己，己不正难以正人。偏听则暗，兼听则明，要想明白事情的真相，需要自己调查。

冷遇激将推辩士

苏秦和张仪都是战国晚期有名的纵横家或策士，对应当代语言来说，二人都是国际社会著名的政治家、外交家和社会活动家，用通俗的话来讲就是靠耍嘴皮子吃饭的人。不过，一开始两人的际遇却不一样。

周显王三十九年(公元前330年)，苏秦四处奔波，先后说服了燕、赵等六国，初欲合纵抗秦。他亲任“纵约长”，一人佩戴六国相印，成了当时名副其实的联合国秘书长，其权力更是现代意义上的秘书长不能望其相背的。他被后人称为“合纵之父”。

这一年，适逢秦国大破魏军。苏秦料到，赵国作为合纵抗秦的盟主，势必要被视为眼中钉，列为首要进攻的目标。如果秦国对赵用兵，必将惊散刚刚合纵起来的列国。于是，便想派人游说秦惠王，使其暂缓出兵。

举国上下筛选一遍，苏秦竟没有相中一人。无措中，他想到了同时师从鬼谷先生的同窗张仪。于是便叫来手下家臣，如此云云地叮嘱一番，打发他去了。

且说此时的张仪，正处在穷困潦倒的时候。他参加楚相的宴会时，楚相身上佩带的玉璧不见了。当时很多人都对楚相说，张仪贫穷而没有品德，一定是张仪把玉璧偷走了。楚相就让武士捉住张仪审问，张仪不承认偷了玉璧。楚相就命令打了张仪几百竹板，逼迫张仪承认。但是张仪坚决说没有偷，拒绝承认。尽管没有审问出来，但是发生这件事之后张仪没有脸面再在楚相那里做门客了。

此时张仪在家里无所事事，正苦于怀才不遇。苏秦派去的家臣乔装打扮，暗中接近了张仪，说：“当初先生与苏秦交谊至深，现今苏秦仕途亨通，您何不前去求见，借以实现平生宏愿？”张仪当然希图同窗提携，便决定投奔苏秦。

张仪满怀希望地来到赵国。第二天便急不可耐地去了苏府，可整整大半天，府门紧闭，敲门无声，愣是没有人给他通报。直到第五天，看门人才对他说：“今天相国很忙，他说请您先回去，改日再去请您。”张仪只好又回到客店，耐心等待。

谁知一连几天，竟然没有一个人上门。张仪气得便要离去。可却遭到了早已被嘱咐好了的店主的阻拦。张仪欲进不得，欲退不能，左右为难，心里很是烦躁。

就这样又拖了几天，苏秦终于派人通知张仪前去府上。张仪心中已做好了倍受冷待的准备，但没想到实际情况竟比他的预料还要糟糕。来到相府门前，张仪整整衣冠，擦着袖子逐阶而上。只见苏秦孤傲地坐在堂上，见张仪进来，竟一动未动。

近身后，张仪忍气吞声地向苏秦作了一个揖，却见苏秦慢条斯理地对他说：“多年不见，你好哇？”说着，指了指下面的一张桌子：“该是吃饭的时候了，就请在这儿随便吃点吧。我还有话跟你说呢。”

张仪只好坐下来，见眼前摆着的只是一点青菜和粗米饭。往上一瞧，却见摆在苏秦面前的尽是山珍海味。本想拂袖而去的张仪又实在饥肠辘辘，只好低头强咽下去。谁知还没吃几口，却听得苏秦说道：“以你的才能，却让自己落魄到如此窘困的地步。我要把你推荐给赵侯使你富贵倒也不是什么难事；可是……可我怕你没有志气，做不了大事，反倒连累于我！”

这一番趾高气昂的举动对于张仪来说简直就是莫大的侮辱，他再也坐不住了，拍案而起道：“季子（苏秦的字）！我以为你没有忘记朋友，才千里迢迢地来看你。想不到你根本没把我放在眼里，连同学的情义都没有！你……你简直太势利了！”说完，愤然转身而去。

有了这场“同学宴”，张仪在赵国是一刻也不想多待了，他决定投奔他邦。可是能去哪里呢？经过细想，张仪认为只有秦国前途无量。在他看来，投奔秦国，小则可以打击赵国，借此一洗私冤；大则可倚此一展宏图，实现自己一生的政治抱负。于是，他毅然就道，西行入秦，投奔秦惠王。

其实，张仪刚一离开，苏秦就马上找来一个心腹，对他说："张仪是当今天下难得的人才，我之所以羞辱他，是以此来激发他的心志，使他一怒之下到秦国去争取掌握大权。现在你赶快去设法接近他，尽全力帮助他接近秦王，掌握大权。事成之后再告诉他我的好意，这样，他就会设法让秦国不做对我们赵国不利的事了。"

于是，张仪身边就莫名其妙地出现了一位"隐士"，张仪的衣食住行所需费用，这位隐士都当仁不让地替他埋单，让张仪去秦国的路上没受到半点儿委屈。

秦国当时是欲一统天下的秦惠王当政，正在招贤纳士，广揽天下英才。在"隐士"资财的帮助下，张仪又竭尽全力，终于博得了秦惠王的信任，被拜为客卿，大权在握。这时，苏秦派去的"隐士"才向他说明原委，尤其说明了苏秦羞辱他的好意。张仪听后又是感激，又是羞愧；遂答应在苏秦用事时，绝不贸然建言。

张仪居百官之首，权倾朝野。随后，他采用"连横"之术，来分化瓦解苏秦倡导和组织的"合纵"阵营，为秦最终统一中国奠定了基础。正是由于张仪"连横"之术的威胁，也使得苏秦可以长时间担任"纵约长"，保证自己的地位。

炼智

俗话说："请将不如激将。"如果苏秦正面请张仪到秦国去说服秦惠王，心高气傲的张仪未必肯从。相反，苏秦采用激将法挑动，使得对方完全按照自己的意图去行事，化愤怒为动力。激将法就是要让人在感情冲动的情况下而按刺激发出者的意愿行事。这是一种驾驭人的智谋。

使用激将法的人往往是能沉得住气的老谋深算之士，他看着你激动，看着你含血喷天，自己心中却稳得住，一步步按计划实施。那么反过来说，那种中计者往往是性情急躁、心高气傲的人。所以也可以从另一侧面得出，若想尽可能地把握自己的命运而不被他人所制，就一定要修炼心性，杜绝心浮气躁。

悟理

有竞争才会有进步。在自己取得一定的成绩之后，不妨人为地为自己设置一个"对手"，让这位对手时时刻刻提醒自己不可裹足不前，用竞争对手带来的危机感激励自己不断进步，超越自己。某种意义上，这是激将法在现实中的应用。

华夏之君学蛮夷

“大王万岁，万岁，万万岁！”

这是公元前307年，战国中后期的赵国。大臣们如往常一样，依次跪地朝拜，等着与赵武灵王议事。待群臣纷纷抬头起身时，不禁被眼前的情形吓了一跳，有几个年迈老臣甚至羞愧得掩面侧身。

原来，站在他们眼前的赵武灵王，身穿短衣窄袖之服，脚蹬皮靴，完全一副蛮夷打扮。当时中原诸国文明程度较高，自视为礼仪之邦，对异邦风俗自有一种蔑视心理。而现在，身为一国之君的赵武灵王竟然如此装束，在群臣的眼中无异是离经叛道、自取其辱之举。

还没等大臣们反应过来，赵武灵王首先开了口：“众卿看我这身装扮如何？我宣布，从今天开始，全国上下统一穿胡服、习骑射。”

话音掷地，满朝震惊。除肥义、楼缓等少数人支持外，“群臣皆不欲”。特别是赵氏贵族，如公子成、赵文等人，或公开反对，或消极抵制。他们怎么也想不明白，集明智、财物、圣贤、仁义、诗书礼乐于一处的华夏地区，为何反倒要学习蛮夷之风，又怎么能“以夷变夏”呢！

事实上，赵武灵王又何尝不知这是一种忍辱含垢之举。然而，这又是为什么呢？

赵武灵王即位时，国势已渐趋衰落，就连中山那样的夷族小国也经常来侵扰。而在和一些大国的战争中，赵国更是经常败北，大将被擒，城邑被占，眼看着就要被别国兼并了。赵武灵王是一位奋发有为的国君，他希望赵国在自己手中能够崛起。

面对赵国日渐式微这一形势，是坐以待毙，还是励精图治？赵武灵王选择为了国家的生死存亡而锐意变革。为了富国强兵，赵武灵王提出“着胡服”“习骑射”的主张，决心取胡人之长补中原之短。

一方面，他客观地分析了当时赵国的处境，处之以谦，养精蓄锐；另一面，由于赵国地处北边，经常与林胡、楼烦、东胡等北方游牧民族接触，使他深刻地意识到一个现实：原来中原各国的衣冠，上衣下裳（裙）、宽袍大袖、脚履鞋子这种装束适于中原席地而坐的习惯，在战场上用于车战还说得过去，但对于飞腾驰骋的乘骑来说，就显得极为笨拙。而胡人在军事服饰方面有一些特别的长处：穿窄袖短袄，生活起居和狩猎作战都比较方便；作战时用骑兵、弓箭，与中原的兵车、长矛相比，具有更大的灵活机动性。就像军中兵将所说：“北方游牧民族的骑兵来如飞鸟，去如绝弦，反应之快无人能敌。这样的部队驰骋疆场，哪有不取胜的道理？”

抱着以胡制胡，将北方少数民族纳入赵国版图的决心，赵武灵王冲破守旧势力的阻拦，毅然发布了“胡服骑射”的政令。赵武灵王号令全国穿胡服，习骑射，并带头穿着胡服去会见群臣。胡服在赵国军队中装备齐全后，赵武灵王就开始训练将士，让他们学着胡人的样子，骑马射箭，转战疆场，并结合围猎活动进行实战演习。

可是“胡服骑射”的命令还没有下达之时，就遭到许多皇亲国戚的反对。公子成等人以“易古之道，逆人之心”为由，拒绝接受变法，称病不参加“胡服参朝”。赵武灵王驳斥他们说：“德才皆备的人做事都是根据实际情况而采取对策的，怎样有利于国家的昌盛就怎样去做。只要对富国强兵有利，何必拘泥于古人的旧法。”

公子成等人见赵武灵王动了真格的，心里很不是滋味，就在下面散布谣言说：“赵武灵王平素就看我们不顺眼，这是故意做出来羞辱我们的。”

赵武灵王听到后，召集满朝文武大臣，当着他们的面用箭将门楼上的枕木射穿，并严厉地说：“有谁胆敢再说阻挠变法的话，我的箭就穿过他的胸膛！”公子成等人面面相觑，从此再也不敢妄发议论了。

在赵武灵王的亲自教习下，国民的生产能力和军事能力大大提高，国力逐渐强大。公元前305年，赵武灵王亲自率领骑兵打败邻近的中山国，又收服了东胡和邻近的几个部落。到了实行胡服骑射的第七年，中山、林胡、楼烦都被征服，而且还向北方开辟了上千里的疆域，成为“战国七雄”之一。

胡服在赵武灵王推行“胡服骑射”之后成为中国军队中最早的正规军装，以后逐渐演变为盔甲装备。更重要的是，“胡服骑射”之举减弱了华夏民族鄙视胡人的心理，增强了胡人对华夏民族的皈依心理，推进了民族融合。

炼智

赵武灵王发起的改革向“不如”自己的蛮人服装靠近，在守旧的大臣眼里无疑是一种严重的“倒退”，他们感觉这对赵国是一种耻辱。但面对比自己强大的敌人，如果墨守陈规，不能锐意进取，则必定会导致国力更加衰弱，甚至有亡国之危。所以，赵武灵王不顾反对，终于通过改革使赵国强大起来。

“胡服骑射”是我国古代军事史上的一次大变革。特别是赵武灵王以敢为天下先的进取精神，在中原王朝把少数民族看作“异类”的政治背景下，在一片“攘夷”的声浪中，力排众议，冲破守旧势力的阻挠，进行了破俗逆世的革新，坚决实行向夷狄学习的国策，表现了作为古代社会改革家的雄才大略和过人胆识。

悟理

真理往往是掌握在少数人手中的。很多时候，一个人的决定或观念会遭到很多人的反对或误解，是坚持自己的想法，还是人云亦云放弃自己的合理主张？这就需要我们自己做出正确的判断，如果确定自己的做法是对的，就应该“虽千万人吾往矣”，坚持到底。当然，坚持的前提是确保自己正确，否则就成了偏执，成了不撞南墙不回头的倔强。

“泄密者”的忠诚论

陈轸和纵横家张仪一起在秦国服务，当时秦国执政的秦惠王认为陈轸和张仪都很有才能，对他们都很看重。陈轸和张仪自然都希望自己被秦惠王重用，两个人为了争夺秦惠王的宠幸，进行了一番明争暗斗。

一天，商议国事后，秦惠王正准备下朝休息，只见殿前还立着一个身影。一偏头，看到是大夫张仪。秦王不解，便询问张仪还有何事。只见这个五尺大夫踽踽上前，双手揖在胸前，一副神秘的样子。言下之意，是请求秦王让左右退下。

原来，张仪是特意向秦王参奏一个人的——与他先后投靠到秦惠王门下，并且同时受到重用的陈轸。由于陈轸才干超群，甚至超过了张仪，便引发了张仪的嫉妒，担心时间一长秦王会冷落自己。

张仪一拱手，假意正色地对秦惠王说：“大王经常让陈轸往来于秦国和楚国之间，可现在楚国对我们秦国似乎比以前疏远了，却对陈轸个人格外友好。可见，陈轸的所作所为全是为了他自己，并不是诚心诚意为我们秦国做事。而且，听说陈轸还常常把秦国的机密泄漏给楚国。作为您的臣子，怎么能这样做呢？我不愿再同这样的人在一起做事。最近我又听说他打算离开秦国到楚国去。要是这样，大王还不如趁早杀掉他，以免日后成为祸患。”

听到一半时，秦王的脸色就变了。张仪诉说陈轸的罪名是假公济私，因私废公。这对于一个负有重任的人来说，并不是个小的罪名，而是可以让人掉脑袋的罪名。等到张仪说完这番话后，秦王立即传令召见陈轸。一场兴师问罪在所难免。

一见面，秦王就对陈轸说："听说先生想离开我这儿，不知准备去往何处？我好为先生准备好车马呀！"

陈轸乍一听，不禁有点丈二和尚摸不着头脑。但他随即又马上反应过来，多少明白了秦王话中有话的心思。陈轸并没有丝毫的慌张，反而故意回答："我准备到楚国去。"

果然如此！此时，张仪的每一句话都回响在秦王耳边。秦王叹息而又略带愤慨地说："看来张仪的话是真的。"

原来是张仪在捣鬼！陈轸心里完全清楚了。他定了定神，然后不慌不忙地解释说："这事不单是张仪知道，连过路的人都知道。从前，伍子胥忠于他的国君，天下的国君都争着要他做臣子；曾参孝敬他的双亲，天下做父母的都希望他能做自己的儿子。所以，那些被出卖的奴仆侍妾不等走出里巷就卖掉了，是因为他们都是好奴仆；那些被遗弃的妻子还能在本乡本土嫁出去，是因为她们都是好女人。如今陈轸如果不忠于大王，楚国又凭什么认为陈轸忠心呢？如果我忠于大王您，楚王又怎么会要我做他的臣子呢？我一片忠心，却被怀疑，我不去楚国又到哪里去呢？"

因为没有掌握确凿的证据，秦王的底气也并不充足。听了张仪的质问，又觉得有些理亏，便话锋一转问倒："既然这样，那你为什么将我秦国的机密泄漏给楚国呢？"

陈轸坦然一笑："大王，我这样做正是为了顺从张仪的计谋，用来证明我不是楚国的同党呀！"

秦王一听，更加糊涂了。

陈轸见谈话有了转机，便决定果断抓住这个契机为自己"反败为胜"。但他表现出来的，却不紧不慢地讲起了故事："据说有个楚国人家里纳了两个妾。邻居勾引那个年纪大一些的妾，却被大骂了一顿。他又去勾引那个年纪轻一点的，年轻的对他很好。后来，这个楚国人病死了。有人就问那个邻居：'如果你要娶他的两个妾做妻子的话，是娶那个年纪大的，还是年轻的？'他回答说：'娶那个年纪大些的。'对方不明白：'年纪大的骂了你，你为什么还要娶她？'他说：'处在她那时的地位，我当然希望她答应我。可她骂了我，正说明她对丈夫很忠诚。现在要做我的妻子了，我当然也希望她对我忠贞不贰，而对那些勾引她的人破口大骂。’大王您想想看，我身为秦国的臣子，如果我常把秦国的机密泄露给楚国，楚王还会信任我、重用我吗？我是不是楚国的同党，大王您该明白了吧？”

秦王听陈轸这么一说，对他更加信任，还给了他更优厚的待遇。陈轸的一席话，既击破了谗言，又保全了自己。

炼智

秦惠王跟陈轸对证张仪的话时，面对秦惠王突如其来的发问，一般人都会立即予以否认。而机智的陈轸却坦然地承认自己有离秦去楚的想法。这般回答，为后面的辩解铺垫了坦率的基调。接着，陈轸通过伍子胥和曾参的例子，证明楚国喜欢自己是因为楚国喜欢自己对秦国的忠诚；通过两个妾的故事，说明自己没有泄密，从而展示出自己对秦国的忠诚，打消了秦惠王对自己的怀疑。

在一向顺风顺水的仕途中，陈轸突然遇到了对自己不利的形势。但他没有惊慌失措、自乱阵脚，而是以坦然的心态和冷静的思考去面对，从而让对手的诬陷不攻自破，使自己摆脱了严重的生存危机。

悟理

处变不惊不仅是一种风度，更能体现出一种智慧：面对一切突如其来的危机时，应该保持冷静。因为只有冷静，才能在气势上给对方造成震慑的力量，并为自己赢得应急的主动权。

千金难买是情义

“长铗归来乎，无以为家！”只见一个其貌不扬的儒生倚着门，手里挥着一把长剑哼唱着。他的意思是说：“长剑啊，咱们回吧，我连自己的家庭都无法养活，你还谈什么求贤若渴，善待门客！”

这是战国时期齐国相国孟尝君的府上。挥剑喧嚣的是一个名叫冯谖的食客，这人本是穷苦出身，听说孟尝君礼贤下士，便托人请求孟尝君，愿在其门下寄居为食客。当时，孟尝君想了解一下他有什么才能，好给他安排合适的差使。于是就问：“客何好？”他说：“无好。”又问他：“客何能？”他说：“无能。”回答的是理直气壮啊！

想想要是现在的大学毕业生找工作，要敢跟面试的大老板这么说，肯定过不了面试这一关。不过孟尝君也不生气，只是“诺”了一声，就把他留下了。旁边的人因看到孟尝君看不起冯谖，就供给他粗劣的饭菜。按照孟尝君的待客惯例，门客按能力分为三等：上客吃饭有鱼，外出乘车；中客吃饭有鱼外出无车；下客饭菜粗劣，外出自便。

过了一段时间，冯谖倚着柱子弹着自己的剑，唱道：“长铗归来乎，食无鱼！”要求改善待遇。左右的人把这事告诉了孟尝君。孟尝君说：“食之，比门下之鱼客。”又过了一段时间，冯谖弹着他的剑，唱道：“长铗归来乎，出无车！”左右的人都取笑他，并把这件事告诉给孟尝君。孟尝君说：“为之驾，比门下之车客。”冯谖于是乘坐他的车，高举着他的剑，去拜访他的朋友，十分高兴地说：“孟尝君把我当做客人了！”

虽然这个“无能”的冯谖三番两次地从吃食、车马上提出更高待遇，但是孟尝君并没有烦他，而是毫不犹豫地满足了他。

这一次，冯谖“得寸进尺”，不但自己要有好待遇，连家里人都得受到礼遇。孟尝君倒也不在意，在得知他家中尚有一老母后，就叫人按时供给其母吃穿用度。至此，冯谖再无他议，决心日后死心塌地地为孟尝君效力，以报礼遇之恩。

当时，孟尝君身为齐相，在薛地被封有万户食邑。由于门下养有三千多食客，封邑的收入不够奉养众人，于是便派人到薛地放债收息，以补不足。但是放债一年多后还没收回利息，眼看门下食客的奉养将无着落，孟尝君心中焦急，很想找一位能人为他到封地薛邑讨债。再三询问下，却没有人应答。

半晌，冯谖站了出来，说：“我愿去。但不知用催讨回来的钱，买些什么东西好呢？”

孟尝君想了半天说：“如果要买的话，就买点我们家缺少或没有的东西吧。”

众人听了，都为冯谖捏了一把汗：要知道，世间稀罕之物，孟尝君可谓是应有尽有。但冯谖好像没有考虑那么多，马上领命而去。

来到薛邑后，眼前所见尽是百姓穷困潦倒的生活苦相。当地人民听说孟尝君的讨债使者来了，均啧啧有怨言。

这天，冯谖召集了邑中居民，大家不情愿地聚在了空地上。冯谖一开口，竟出乎所有人的意料：“孟尝君知道大家生活困难，这次特意派我来告诉大家，大家欠的债务能还就还，实在困难不能还的，以前的欠债一笔勾销，利息也不用偿还了。”

百姓们简直不敢相信自己的耳朵，都面面相觑，不知所措。孟尝君见人们迟疑无措，便接着说道：“你们看，孟尝君还特意叫我把债券也带来了。今天当着大伙的面，我把它烧毁。从今以后，再不催讨！”说着，冯谖果真点起了一把火，把债券烧了个精光。薛邑的百姓没有料到孟尝君是如此仁义，个个感激涕零，深感无以为报。

且说冯谖回到孟府复命，安然信步地走到大堂。孟尝君见他如此模样，以为讨债顺利，便上前迎接他说：“先生果然神采，这么快就把利钱讨回来了！”

冯谖一拱手，回答说：“不但利钱没讨回，借债的债券也烧了。”

孟尝君大不高兴，冯谖怎能不经允许就擅自做主把债券烧了！

冯谖不慌不忙地解释说："您不是叫我买些家中缺少或没有的东西回来吗？我已经给您买回来了，这就是'义'。焚券市义，这对您收归民心是大有好处的啊！"孟尝君一听，固然不悦，也只能悻悻地不了了之。

几年后，孟尝君被人谮谗，失宠于齐王而被赶出国都，只好回到自己的封地薛邑。当车行到离薛邑还有百里远时，薛邑百姓听说恩公孟尝君回来了，纷纷扶老携幼倾城出动，夹道欢迎，表示坚决拥护他，跟着他走。

孟尝君好生感慨，这时才体会到冯谖的"市义"苦心。回头对冯谖说："先生您为我所买的'义'，今天终于看见了！"

炼智

民心，是那几个高利贷的利息买不来的。冯谖用那些根本就难以收回的债券换回了民心，为孟尝君换来了"义"，使得孟尝君在失势之后回归封地时大受拥戴。这就叫做"好与者，必多取"，正所谓"爱出者爱返，福往者福来"，给与收，无不是往来互动的。

悟理

冯谖并没有遇难就躲，而是在关键时刻勇挑重担。这让我们明白躲过难题的同时也就躲过了锻炼自己、提升自己的机会。

没有付出就没有收获，有时候小的损失甚至可以换取大的利益。青少年朋友一定要把眼光放长远些，不要为眼前的利益斤斤计较。

同时，在学习工作当中，服从传统、遵守原则固然重要，但有时也需要独立创新的精神。当然这种创新需要自己的远见卓识作铺垫，敢于负责作保障。

扬誉借势造三窟

“无德无能”的冯谖因为自己三番五次的“不合理”要求都得到了孟尝君的满足而深受感动，决心不再向孟尝君索取，一心一意地等待为孟尝君效力的机会。

冯谖正是洞察秋毫，用免除债券的办法，替孟尝君“千金买义”，在薛邑百姓中埋下了感恩于孟尝君的种子，赢得了民心，消除了萌芽中的矛盾，确保了根据地的安定、稳固。

冯谖为孟尝君“焚券市义”后不久，有人在齐愍王面前诋毁孟尝君，愍王便以“寡人不敢把先王的臣做自己的臣”为借口罢掉了孟尝君的相位。孟尝君被罢相后返回自己的封地，在距离薛邑尚有百里时，百姓们早已扶老携幼，在路旁迎接孟尝君。这时孟尝君才恍然大悟，体会到冯谖为他买的仁义价值，连连感谢。孟尝君感慨地对冯谖说：“先生所为文（孟尝君，姓田名文）市义者，乃今日见之！”

冯谖因深受孟尝君礼贤下士的恩遇，一直想报答于他，便苦心竭力地为其效力。看到这样的情景，冯谖并没有露出过多的欣喜。想到孟尝君的将来，他并不轻松地说道：“狡猾机灵的兔子要有三个‘洞’安身，才能免遭死患；现在您只有一个‘洞’，还不足以放松戒备，高枕无忧。请让我再去为您挖两个‘洞’吧。”冯谖随即向孟尝君讨要了50辆车子和500钱币。

孟尝君虽然心中颇感蹊跷，却完全应允而行。冯谖在缜密分析战国争霸，各国急需辅佐人才的形势后，带着金银车马一路向西，径直来到魏国。面见魏惠王后，他拱手行礼道：“齐王已经免了孟尝君的相国职位，这正是有识之主用他的好时机。孟尝君的治国谋略和才能是世人皆知的，齐国之所以能称雄于天下，都是孟尝君辅佐的功劳。今齐王听信谗言，把孟尝君放逐到各诸侯国去了，孟尝君必然对齐王不满，魏国若能接纳他来辅佐，定能富国强兵。凭着他的才干和声望，谁启用他谁便会因此而国富民强。”

于是，魏惠王让原来的相国做上将军，空出相位，派出使节，以千斤钱币、百乘马车去聘孟尝君为相。一路人马声势浩大，好不热闹。

却说冯谖见完魏惠王后，立即赶车回到薛邑的孟府。叙述完事情始末后，冯谖特意告诫孟尝君说："千斤钱币，是很重的聘礼了；百辆车子，也算是显贵的使臣了。但这都是让齐国君臣得知的，而您千万不要答应魏王的要求。"如此，魏国的使臣往返了三次，孟尝君坚决辞谢不就。

听说这一消息，齐国上下十分惊恐。齐王连忙派遣太傅携带千斤钱币、绘有文采的车子四辆、佩剑一把，封好书信，向孟尝君道歉说："我没有福气，遭受了祖宗神灵降下的灾祸，轻信于巴结迎逢的臣下，得罪了您，我不值得您来辅佐。但希望您能顾念齐国先王的宗庙，姑且回到国都来，治理全国的百姓吧。"冯谖又为孟尝君出谋说："您可乘此机会请齐王把齐国先王的宗庙建在薛邑，这样，齐王就会派兵保护这里，使它不受到侵袭，永保安宁。"孟尝君依计而行，果然得到了齐王的应允。

宗庙建成后，冯谖才松了一口气，面露笑容地对孟尝君说："现在三个'洞'已经凿成，您可以高枕无忧了！"

那些在孟尝君被罢免时走掉的门客听说孟尝君重新当上了相国，又纷纷回头来投奔他。孟尝君为此很是恼火，对冯谖说："我失势的时候，他们不帮助我；多亏先生竭力奔走，我才得以重新担任相国。他们有什么脸再来见我呢？"

冯谖说："公子大可不必这样做。您现在治理国家不是赌气的时候，正需要大家的扶持，如果把宾客都赶走了，那以后谁还会给您办事呢？不如还像当初一样热情地招待他们，也能显示出您的度量。"

有了以往的"凿洞建窟"，孟尝君唯冯谖的话是从。由于得到许多门客的支持，孟尝君顺利安稳地做了数十年相国，没有遭到丝毫祸患，而齐国也因此而愈发富强。

炼智

冯谖为孟尝君凿的第一窟，是通过“市义”获得百姓拥戴；第二窟是设法让魏王虚相位以待，通过“扬誉”使齐王复用孟尝君；而第三窟，就是利用齐王急于复用孟尝君的心理，把宗庙立在薛邑，使其成为圣地。“建窟”所用智谋，无外乎“欲取先予”之道：不被重视之时故意远离，通过他人之手造起一己之势。如此，孟尝君既获得了民心，又拥有了声誉，还有宗庙的保护。三道坚固的防御终使其立于不败之地。

悟理

俗话说：“人无远虑必有近忧。”不论在学习还是生活中，我们都要尽量想得长远一些，做到深谋远虑。在得意的时候要想到失意，为成功付出最大的努力，对结果却要一颗红心两种准备，做好失败的打算。

另外，我们在朋友遇到困难时，应该在关键时刻帮他排忧解难，雪中送炭。解决难题的同时也就提升了自己的素质。

鱼肚里剖出的起义军

斜阳余温，几个瘦削长工的影子被投在了大片的良田上。

几个民夫围坐在田边，闲聊中就有了这样的对话：

“咱们将来富贵了，可别忘了老朋友啊！”

“咱给人家卖力气种地，富贵从何而来？”

“唉，燕雀怎么会懂得鸿鹄的志向呢？”

最后说话的这人叫陈胜，他出身贫苦，以给地主当长工过活。但却从小志气不凡，心中常常思量：我年青力壮，为什么要甘于这样成年累月地给人做牛做马呢？总有一天，我也要干点大事业。

这是发生在秦二世时的故事。当年秦始皇为了抵抗匈奴，派人修建长城，发兵30万，征集了民夫几十万；为了开发南方，动员了军民30万。他又用70万囚犯，动工建造奢华的阿房宫。到了二世即位，又从各地征调了几十万囚犯和民夫，大规模修造秦始皇的陵墓。这座坟开得很大很深，把大量的铜熔化了灌下去铸地基，上面盖了石室、墓道和墓穴。二世又叫工匠在大坟里挖成江河湖海的样子，灌上了水银。然后把秦始皇葬在那里。

安葬完了，为了防备将来可能有人盗坟，还叫工匠在墓穴里装了杀人的设备，最后竟残忍地把造坟的工匠全都埋在墓道里。当大坟还没完工之时，秦二世又继续建造阿房宫。那时候，全中国人口不过2000万，前前后后被征发去筑长城、守岭南、修阿房宫、造大坟和别的劳役合起来竟有二三百万人之多，逼得百姓怨声载道。

公元前209年（秦二世元年），阳城（今河南登封市东南）的地方官派了两个军官,押着900名民夫要送到渔阳(今北京市密云西南)去防守。军官从这批壮丁当中挑了两个体壮能干的人当屯长,管理其他人。其中一个就是以前给人当长工的陈胜。另一个叫吴广,也是个贫苦农民。

秦朝的法令异常严酷,被征发的民夫如果误了工期就要被杀头。为了保命,一行人天天担惊受怕地急切赶路。

没想到途经大泽乡(今安徽宿州市东南)时,正赶上连天大雨,水淹了道路,无法通行。他们只好安营扎寨,准备天一放晴就立即上路。可眼看着暴雨不停,大家急得就像热锅上的蚂蚁,不知如何是好。

这天夜里,两个屯长碰到了一起。"这里离渔阳还有几千里,我们恐怕怎么也赶不上限期了。难道就只能白白地去送死吗?""要不咱们开小差逃跑吧?""那怎么行!既然误了期,到了那里是死,现在逃走抓回来还不是一样要死?看来横竖不得好了,那还不如干脆拼死造反呢!"

"朝廷那么强大,我们几个人能有什么办法?""听说二世是个小儿子,本来就挨不到他做皇帝,该登基的是公子扶苏,大家都同情他;还有,项燕是我们楚国的大将军,立过大功,楚国人都很怀念他,现在也不知道是死了还是活着。要是咱们借着扶苏和项燕的名义,号召天下,天下的人们一定会来响应我们。"

陈胜没有再继续说下去,只附在吴广的耳边寥寥几句,两人便不约而同地笑了。

第二天早晨,他们借故上街买了一块白色的绸布,用朱砂在上面写了"陈胜王"三个大字,把它偷偷塞进了一条鱼的肚子里。然后,又派了一个民夫去街上买回了这条鱼来犒赏兵士。

营地厨房里,伙夫准备剖鱼做饭。猛地就看见了一抹"红白相间"的绸子。见了这个字条,伙夫十分惊奇,立即跑出去告诉周围人。顿时,从鱼肚子里剖出来个"陈胜王"一下子就在军士中传开了。

当夜,正在大家睡意正浓的时候,忽然听见一阵阵幽幽的声音。仔细一辨,大概说的是"大楚兴,陈胜王"。一连数遍,往返不停。有人跑出营房,看到不远的山头上

一团鬼火或隐或现，还伴有狐狸的叫声。大家见此情景，更是又惊又怕。原来，这也是两位屯长故意设计好的。

第二天，大家看到陈胜，都在背后点点戳戳地议论着这些奇怪的事。加上陈胜平日待人和气，就更加得到众人的尊敬。

见时机成熟，二人便开始了最后的行动。陈胜、吴广趁着两个军官酒醉，故意跑去激怒他们，引来一顿鞭打。这时，吴广突然夺过一个军官手里的剑，顺手把他砍倒。陈胜也赶上去，把另一个军官也杀了。

只见陈胜高举佩剑，面向众人，呼道："男子汉大丈夫不能白白去送死，死也要死得有个名堂。王侯将相，难道就是命里注定的吗？"

众人一齐高喊说："对呀，我们都听您的！"

陈胜叫弟兄们搭了个台，做了一面大旗。旗上写有一个斗大的"楚"字。他们以秦始皇长子扶苏和楚将项燕的名义，以两个军官的头对天起誓，袒露右臂为标志，同心协力，推翻秦朝。陈胜、吴广被公推为首领。900条好汉一下子就把大泽乡占领了。

这是历史上第一支农民起义军。后陈胜被拥戴称王，国号"张楚"。

炼智

陈胜、吴广巧妙地运用了"借尸还魂"的智谋，借鬼神的"尸首"还自己的灵魂，借王侯将相的天义成自己的名声。推而广之，凡是借别人的外表或名声行自己的内容的，都可谓是"借尸还魂"。

涉及到"借"的手法，有两种情况：一是"旧瓶装新酒"，一是"换汤不换药"。但按照"三十六计"的看法，"有用者不可借"，要"借不能用者而用之"，即"用新酒装瓶"，这样才可以安全地达到借尸者的目的。否则就很有可能反客为主，变成不伦不类的"假洋鬼子"。

悟理

在自己处于竞争的劣势或者条件不成熟的情况下，不妨为自己造势。造势必须选择恰如其分的时机，这样才能化劣势为优势，帮助自己完成本来难以解决的问题。

赐官仇人显风度

秦末的苏北地区，远离帝国的中心咸阳，民风彪悍，人心向楚，这里是游侠的热土，英雄的摇篮，历来人才辈出。在下邳，有个张良；在沛县，有个刘季；在宿迁，有个项羽；在淮阴，有个韩信。

韩信很小的时候父亲就死了，是母亲将他一手带大，后来，母亲也病死了。从此，韩信只有父亲留给他的一把宝剑，以及一肚子的才华和怀才不遇。这样一个没有亲人，没有家族，没有声望，没有家产的人，当母亲去世时，尽管无钱下葬，却依然为老妈选了一个旁边“可置万家”的“高敞荒地”为其墓，说什么自己日后定能封侯拜相，让万户百姓为母守陵。

这件事让淮阴百姓笑话了很久，一个穷得连饭都吃不上的家伙居然做梦想封万户侯，他不是穷傻了，就是穷疯了。也难怪他们耻笑，在普通人看来，韩信什么本事也没有，简直一无是处。

他自矜身份不屑做个勤劳致富的庄稼汉，也没本事摆摊叫卖争取做个企业家，更没啥人脉关系被举荐做官；他只不过就是个死读书的书呆子罢了！其实书呆子也不是没办法谋生，秦代讲究“文法择吏”，只要能将国家法令背诵9000字以上，品格各方面又没有太大问题，就能像刘季一样混个公务员干干。偏偏韩信不识时务，非要去学儒家与兵家的学问，连温饱问题都解决不了，就靠去别人家蹭饭度日。

当初韩信穷困时游手好闲，整天到南昌亭长家蹭饭。日子久了亭长妻子难免厌烦，常言说救急不救贫，亭长老婆大约见过蹭饭的，但是没见过像韩信这般长达几月蹭饭不挪窝的。一天就故意把早饭提前吃了，韩信正常点又去蹭饭，人家两口子早吃过了，韩信一气之下掉头而去，发誓从此再也不登亭长大人的家门。

一天，有个宰猪的屠夫叉着腰，截住了挎着剑在大街上招摇过市的韩信，对他说："韩信，你虽然个子长得比我高大，又喜欢佩剑，但其实你骨子里却胆小懦弱！"

韩信生气地说："谁说我胆小如鼠？我可是要走南闯北呢！"

那个屠夫鼻子里"哼"了一声，又说："韩信，假如你要是不怕死，就用佩剑来刺我；要是怕死不敢呢，就从我的裤裆底下钻过去吧！"说着，只见他双手抱在胸前，双脚叉开，对着韩信冷笑起来。

韩信盯着那屠夫看了好一会儿，按剑忍住气，低下头缓缓地从他的胯下钻了过去。屠夫得意地狂笑起来。满街的人也跟着嘲笑起来："看哪，韩信像小狗一样钻狗洞！哪像个男子汉大丈夫！"韩信低着头，一声不响地从人群中走了出去……

几年以后的一天，淮阴城里驶来几辆豪华的马车。他们是特意来找一个人的。

车子里坐着一位大将军，他不是别人，正是韩信，他现在已经是汉高祖刘邦手下的楚王了。此时，他的眼前突然一亮，他要找的人忽然在马车前路过——那个曾使他蒙受"胯下之辱"的屠夫。

"停下！"韩信命令车夫。

马车停下后，从帐帘中走下来一位披甲佩剑、英武之气的七尺男儿。屠夫见那位将军走近，仔细一看，不禁惊慌失措：真是冤家路窄，这不是几年前从他裤裆下钻过去的韩信吗？听说，他曾被汉高祖刘邦拜为大将军，身经百战，立过赫赫战功；后被封为齐王，现在虽说不再受到刘邦的重用，可依然还高居楚王之位，在淮阴一地自然有主宰一切的权力。想到这儿，屠夫自感今日就要大祸临头，脸色变得越来越惨白。

韩信看了那人一会儿，故意说道："你还记得我吗？"

屠夫早就吓得魂飞魄散，"扑通"一下双膝跪地，连连磕头："大将军饶命，小人当年不懂事，有眼不识泰山……"

韩信扬手一挥，笑笑说："你不要害怕，我今天的确是特意来找你的，但不是为了当年胯下之辱的事。看得出，你是个很勇敢的人，我就封你当巡城捕盗的武官吧。”说完后，便背手转身离开了。留下屠夫在那里愣了半天，直到有人给他送来了官服，方才醒过神来。

回程的路上，手下问楚王：“我们不远千里特意地来找他，不但不杀他，为什么反而要赏那个让您受辱的屠夫呢？”

韩信笑了笑，解释说：“几年前屠夫侮辱我时，当时真想拔剑杀死他！但转而一想，杀人是要偿命的，我满腹的文韬武略便不能施展，日后更谈不上当大将、封郡王。想通之后，我便觉得暂时忍受一下胯下之辱又有什么关系呢？至于现在封他为官，这是为了让天下人看见，对这样的人我都宽大为怀，既往不咎。那么，以前与我有矛盾的人就会放下心来，从而减少同我的摩擦。”

众人闻听，无不叹服。也因此而成就了楚汉之时“功高无二，略不世出”的一代将相。

炼智

一个人要能忍，才能成大事。韩信如果不能忍耐，和那些小流氓打起来，韩信也许会把小流氓杀了。那么韩信就会因杀人罪而被处死，哪里还能成就后来的一番事业呢？

韩信之所以能够忍受胯下之辱，只因心中自有大志。为了最终的横才天下，哪怕是暂时的人格侮辱也要忍气吞声。也正因为有了这样懂得“忍辱”的大智，最终才能负起天下之重，统帅百万大军。而为了巩固民誉，在功高显著之时又专门找到当年的“仇人”，特意赐官，以显示自己的大将风度。

悟理

人有时来运转、风生水起的顺遂，也就有低潮困顿的逆境，能够审时度势，能伸能屈就是真英雄。命运要掌握在自己手中，识时务者为俊杰。

纵然世人都向往一帆风顺，但在面对曲折的人生时，所谓的一帆风顺只不过是心灵的美好希冀。当不愿成为命运的奴仆而又暂无扼住命运咽喉的能力时，切记，要学会忍耐。

“论差”行赏，安定天下

公元前202年2月，刘邦经过多年奋战终于平定了天下。随后，他兑现了先前的诺言，封韩信为楚王，彭越为越王。受封的韩信和彭越联合原来的燕王、赵王以及长沙王共同上书刘邦，请他即位称帝。

起初，刘邦一副假意推辞的样子。韩信等人则直入刘邦心意地说：“大王虽然出身贫寒，但能率领众人扫灭暴秦，诛杀不义，安定天下，功劳超过诸王，您称帝是众望所归。”

闻听话音，刘邦则顺水推舟地说：“既然你们大家都这样看，觉得有利于天下黎民，那就按你们说的办吧。”于是，2月28日，刘邦在山东定陶汜水之阳举行登基大典，定国号为汉，史称汉高祖。

刘邦当了皇帝后，已经分封大功臣二十余人，其余的日夜争功，吵闹不休。

这天，高祖从洛阳的南宫居高临下俯视，看到诸将三三两两聚集在宽敞的庭院，好像在议论着什么。

“他们在议论些什么？”高祖问站在身旁的张良。

张良故意大声说：“我想，他们正在酝酿谋反。”其实这些将士不是要谋反，张良知道他们的意图，不过就是没有得到心满意足的封赏而已。

高祖有点惊慌，忙问：“为什么呢？”

“天下初定，现宫中正在评定各人的功劳。众人看到获得陛下封侯的是韩信、萧何等亲信，而被诛罚的都是平素与陛下疏远的旁系。这样论资排辈下来，就是把全天下都分掉，也不够奖赏到每一个人。那些没有韩、萧等大将功劳高的人自然会担心自己不仅得不到奖赏，甚至还会被诛杀。他们聚在一块讨论‘与其被杀，不如造反’也就没有那么难理解了。”说完，张良故意不管高祖的慌张，准备起身告退。

如此一说，高祖就显得更加局促不安，急忙询问道：“那该怎么办才好呢？”

张良有些故弄玄虚地说：“臣若说出来，陛下可答应按此下诏？”

高祖哪里还容得下如此耽搁，赶紧点头承诺并催促。张良这才不紧不慢地问：“有没有陛下最讨厌而且大家也都不喜欢的人？”

“雍齿，”高祖毫不犹豫地脱口而出，“他最早背叛了我，又曾多次陷我于窘境，我早就想杀他了！”那么，这个雍齿是什么人，他又跟刘邦有什么样的恩怨呢？

雍齿出身豪强，与刘邦是同乡，都是沛县人。秦二世二年（公元前208年），雍齿跟随刘邦造反，曾被委以重任，据守后方基地丰（沛县西）。当时，六国贵族纷纷复国，四处扩张。当刘邦率军向前挺进时，发生了意外，赵王武臣（原陈胜部下）和陈胜都被杀。起义军暂时跌入低潮，内部一片混乱，互相攻击。这时候魏军攻来，派人对雍齿说：“你若投降，可以得到魏王的封侯；如果不投降，我们攻打下来，满城抄斩。”

雍齿可能本来就不喜欢刘邦，因为都是同乡，刘邦的脾气他了解，也对刘邦的过去清楚得很。所以一直以来就瞧不起刘邦，并不认为自己隶属于刘邦，所以魏人一招降他，他就答应了，反过来为魏人守护丰。

刘邦气急败坏，拨转兵马来攻打丰，但是打不下。刘邦只好回到沛，但心里就恨雍齿和丰地的那些士兵背叛了他，想着有朝一日，看我怎么收拾你们！后来刘邦的形势好转，并得到项梁资助的士兵5000人，一举攻打下丰。

雍齿兵败，逃至魏国。可巧，魏国随即被秦军击败，魏王自杀，雍齿只好又跑到赵国，投奔赵将张耳。此后，赵国被秦军围攻，多亏项羽统帅的楚军援救才得以苟延残喘，雍齿见楚军势大，又改换门庭，投靠项羽。此后，项羽与刘邦的联军作战不利，雍齿再次归顺刘邦。对于雍齿这类反复无常之辈，刘邦心中非常怨恨，但为了瓦解敌方阵营，况且又是用人之际，故忍了下来。

这就是两人的恩恩怨怨，刘邦不杀雍齿已经够给他面子了，没想到张良竟然这样劝说刘邦：

"既如此，就请陛下赶快将雍齿封侯，以示群臣。"

高祖怒斥道："我都急成这样了，你居然还有心拿这种事情开玩笑！"

只见张良整了整衣冠，正色道："臣并非玩笑。陛下可知，这样一做大家就会认为：连雍齿这个大家最讨厌、最应受诛罚的人都封侯了，我们肯定不会比雍齿差，得到奖赏自然是不在话下。如此，大家的心才会安，而风波自然也就平息下去了。"

高祖一想，张良的话的确很有道理，就按他的办法做了。刘邦虽然一身无赖气，但大事不糊涂。于是，即刻置酒，封雍齿为什邡肃侯，食邑2500户，位次居第57位。结果群臣果然很快就平静了下来，并且纷纷感激高祖的唯贤任用，无一不奋进效力。而汉高祖刘邦的"文治天下"也为大汉王朝长达四百余年的统治奠定了不可磨灭的基础。

炼智

聪明人的赏与罚，其意不仅仅在被赏罚之人，关键要通过这样的手段，对那些未被赏罚的人施加所影响，构成心理暗示。赏与罚在此已不是目的，而只是一种智谋的手段。

若按照刘邦原先的赏罚办法，这根最易牵动人们敏感神经的问题不免要弄得臣下人心惶惶，对于初定天下的刘邦来说实则不利。由此看来，"先赏最差的部下"实在是一种妙策。它既臣服了人心，又安定了天下，可谓一举两得。

悟理

老套路行事，难免会有节外生枝的情况；适时的一点破例和创新，反其道而行，说不定就会取得意想不到的效果。这一点，也可以迁移到我们的生活当中，为了达到最终的目的，不妨采用灵活创新的方法。

不求有功，但求有过

萧何是泗水沛(今江苏沛县)人，曾任沛县主吏掾、泗水郡卒吏等职，持法不枉害人。秦末萧何随刘邦起兵反秦，刘邦进入咸阳，萧何把相府及御史府的法律、户籍、地理图册等收集起来，使刘邦知晓天下山川险要、人口、财力、物力的分布情况。

项羽称王后，萧何劝说刘邦接受分封，立足汉中，养百姓，纳贤才，收用巴蜀二郡的赋税，积蓄力量，然后与项羽争天下。为此萧何深得刘邦信任，被任命为丞相。他向刘邦举荐军事奇才韩信，显示了过人的识人眼光。

楚汉战争中，萧何留守关中，安定百姓，征收赋税，供给军粮，支援了前方的战斗，为刘邦最后战胜项羽提供了物质保证。西汉建立后，刘邦认为萧何功劳第一，封他为侯，后又拜他为相国。萧何的功劳之大，几乎无人能比。

却说公元前196年寒冬，刘邦亲赴邯郸前线镇压陈豨叛乱，正在行军打仗之时，忽然收到紧急报告，得知叛党同谋淮阴侯韩信，在萧何的协助下，已被吕后处死于长乐钟室。想当年，蒯通劝韩信自立为王，与刘、项三足鼎立，可是韩信不忍背汉，一笑置之。然而狡兔死，走狗烹，功高震主的韩信先是被剥夺了楚王封号，降为淮阴侯，终又被吕后、萧何设计害死。

听到这个消息，一方面，刘邦对韩信之死百感交集，另一方面则对萧何的忠心耿耿十分满意。于是即刻传令，派遣特使到长安拜丞相萧何为相国，加封5000户，并指派一名都尉率领500名精兵作为相国的卫队。

一时间，上门恭喜攀结的各色人等纷至沓来，相府门庭若市。萧何也非常高兴。

这天，相府大摆酒席庆贺，喜气洋洋。突然有一个名叫召平的门客，却身着素衣白履，昂然进来，出语惊人："我乃前来吊丧。"

萧何见状大怒道："你喝醉了吗？"

这位名叫召平的人原是秦国的东陵侯，秦亡后成为平民，生活贫困，便在长安城东种瓜，因为培育出来的瓜特别甘甜，人称"东陵瓜"。萧何入关听说此人贤明，便招至幕下，每有行事，必找他计议，获益匪浅。

今天，召平见萧何仍是一副困惑不解的样子，便上前解释说："相国不要高兴得太早，恐怕祸患从此就要开始了！"

萧何闻之，更为气愤，却也能强忍怒气问道："我进位相国，宠誉一身，况且平日遇事小心谨慎，从不敢有丝毫的疏漏。你凭什么这么说？"

召平说道："皇上统兵在外征战，风餐露宿，含辛茹苦；而你在后方留守，并没有亲冒矢石赴汤蹈火。现在却给你增加封邑，设置卫队，这是因为刚刚出了淮阴侯这件事，笼络相国而已。设置卫队保护你也并非好事，随时可能都会有被挟制的麻烦。相国不如加以辞让，也不要接受封赏，并尽可能把自己家里的财产拿出捐助军资。这样，皇上才会龙心大悦，相国也能平安无事。"

按现代俗语所讲"行家一出口，便知有没有"。至此，萧何才幡然醒悟，认为召平的话甚为有理，并一再道谢。随后一一照办。刘邦果然十分高兴。

余波未散之际，精于世故的萧相国从喜悦、惊诧，到现在的惶恐甚至畏惧，往事如潮水般涌上心头。他挥退左右，闭上眼睛，独自陷入沉思。萧何想起早在几年前，刘邦就已屡次流露出对自己的不放心，也深知刘邦乃是生性多疑之人。"俱往矣！"萧何苦笑着睁开了眼睛。他想：自己位极人臣，所得远过于所求。处高位握大权而兼享盛名，自古没有几个人能善始善终。所以，必须持盈保泰，小心谨慎，方能晚节自保，泽被后世。

果然，随后不久，就又有一次"考验"。

在刘邦率军征讨淮南王英布期间，多次派遣使者回来询问相国在忙些什么。得到的回答是："萧相国因为陛下亲征，留在长安处理朝政安抚百姓，一切如常。他还是跟从前一样，尽可能把自己的私财拿出来捐助军队。"刘邦听了，默然不语，若有所思。

有个相府幕僚看出其中蹊跷，便向萧何建言："相国不久就会像淮阴侯一样，要遭受灭族之祸了！你功劳第一，位极人臣；一人之下，万人之上，难道还可以复加吗？你从最初进入关中就深得民心，迄今已十余年，老百姓都亲附于你。你忠君忧国，还在孜孜不倦地勤于政事。皇上之所以屡次询问你的情况，是害怕你威望过高，倾动朝野。现在，为自全计，相国不如多多地利用低价、赊欠等手法强行购买田地，故意败坏名声，好让皇上安心。"

萧何如受电击，依计行事。他把自己的子侄等人送到前线，实为给刘邦当人质，又在平日里低调行事，故意偶尔犯点小错，诚惶诚恐地求刘邦赦罪，高祖得知后高兴地笑了。

古今很多和皇帝一起打江山的老臣，最后能落个全身而退的，纵观历史真是屈指可数。多亏了萧何的"自污"，使他虽然在60岁高龄被逮捕入狱，但逃过了杀身之祸，得以善终。

炼智

萧何没有被顺境冲昏头脑，在门客的提醒下放低姿态，及时"露拙"，以使刘邦尽释猜疑，自污以全身自保，不可不谓明智之举。虽然在露拙的过程中有损形象，但这总比伤及性命好得多。

萧何不仅在政事上有所作为，在处理君臣关系方面也比较突出。身为臣子，蒙受无端猜忌，却能不去直接解释，而故意自污自贬，主动求过。他深知"伴君如伴虎"的道理，若功高盖主，只有灭顶之灾，因此，与其强争清明，不如自污自救，明哲保身。

悟理

凡事都是相对而言，证示清白并不一定非要用刚直之法，迂回拐弯也并非全是污浊之道。采用间接的方式向对方表示出自己的诚意，往往能收到比想象的还要好的效果。

放浪形骸，避祸制权

刘邦死后，其结发妻子吕雉以惠帝年少，恐功臣不服为由，密谋尽诛诸将；后畏惧诸将兵力尚足，不敢下手。然而，她城府深幽而生性残忍，大肆压制、毒害功臣。惠帝为人仁柔，不满吕后所为，弃理朝政，吕后便执掌大权。惠帝七年（公元前188年），刘盈忧郁病死，吕后便“临朝称制”，开始独揽朝政大权。

此时，西汉开国功臣曲逆侯陈平虽然已位列丞相，但内心对吕后肆意专权十分不满。

其实，西汉众多大臣中，最为足智多谋者，当数陈平。当年辅佐高祖刘邦时，频出奇计，后来大权在握，又能审时度势，不仅不滥用权力，而且设法制止了权力被非分之徒篡夺。可以说，陈平是西汉政坛的不倒翁。

他深知吕后忌恨有才能的大臣，而自己的文武才能又远在其他大臣之上。要想不遭毒手，只能暂避吕后的锋芒，保住丞相地位，等待时机成熟再削弱吕氏权力。从此，陈平放浪形骸，整天沉溺于酒色之中。朝堂之上，他唯唯诺诺，从不明确发表意见，一副痴愚的样子尽显无遗。虽然位高权重，却对大小百事均不过问。

后来，吕后打算大肆立吕姓人为王，又恐遭到文武百官的异议，便故作姿态，征求陈平等人的意见。那些忠臣们自然会蹦出来反对，拿着“非刘不得为王”的遗训和吕后打擂台，生性直爽的王陵回答说：“高祖曾经斩杀白马订立盟约，规定刘姓以外之人为王时，天下人即可联合起来讨伐。现在立吕姓的人为王，是违背了先帝的誓约。”

一席话落，吕后表面不动声色地又转问陈平。陈丞相的回答却让吕后喜笑颜开："以前高祖平定天下之后，便拥立姓刘的子弟为王。可现在是太后当政，时情不同，想立姓吕的子弟为王，我看也没有什么不可以的。"意思很明显，封吧，我没意见，而且也是暗示那些转不过来弯儿的大臣们，现在人家当权，识点时务吧。一举两得，即博得了吕后欢心，又稳定了朝局，救了一大批人，保存了实力。

这一贬一褒，无疑形成了鲜明的对比。吕后对王陵怀恨在心，剥夺了他的丞相大权，降职为太傅。于是，王陵以生病为由辞去官职，请求返回故乡。王陵太过刚直，回家后闭门不出，直至抑郁而终。陈平由此却备受吕后信赖。

后来有人骂他不忠于先帝，他却说："现在和吕后争论我不如你们，将来恢复刘家天下你们就不如我了。"果然，吕后信任他并让他掌管了京城兵权，成为后来"诛吕安刘"的重要砝码。

对陈平的重用难免引起一些人的不满，就连吕后的妹妹也看不顺眼，因为她老公樊哙被陈平抓过，还差点杀了。当时高祖下的命令，但是还没来得及杀呢，高祖就死了。吕后刚掌权，她妹夫还在陈平手里，这可怎么交待。换作别人可能无计可施，但是陈平早就"彩排"过这一出。

他披麻戴孝跌跌撞撞地跑到宫中，在高祖陵前放声大哭，边哭边不忘说话："高祖哇，你让我杀樊哙，我不敢私自处理大臣，我把他抓来了，告诉我怎么处置啊。"其实这是说给吕后听的，看看，高祖让杀，我没杀，带回个活妹夫，这人情你是欠定了。

吕后听说樊哙没死，高兴还来不及，自然也就领了这个"人情"，这个抓他妹夫的人摇身一变成了救命恩人。这可略见陈平的深谋远虑和随机应变的功力。

但是，吕后的妹妹还在记仇，她不断在吕后面前诋毁陈平，说他"当丞相不管事，白天好喝酒，晚上近女色"。

然而，当这些流言飞语传到陈平的耳朵里时，他却心中窃喜，对自己的"表演"暗自满意。只是可惜那时候没有奥斯卡金奖。而吕后因此越来越觉得陈平不务政事，无心朝政，对他的戒备之意愈发淡了。以至于后来竟对陈平说："俗话说女人和小孩的话千万听不得。以你我这样的关系，你完全不必害怕他人的谗言。”

就这样，在吕后称制的八年期间，陈平一直如此放浪地表演下去，从而赢得了吕后对他的日益欣赏；大赞其“忠厚”，又是封王又是封侯，以示恩宠。

然而，公元前180年吕后一死，陈平便与太尉周勃共同策划，杀掉了相国吕产、上将军吕禄，剿灭吕氏家族，恢复了刘氏政权。后又迎立刘恒为汉文帝，恢复了刘氏天下。陈平、周勃二人自任丞相。

炼智

一权在手，要能根据实际需要和不同情况加以灵活使用，这就叫做“因利制权”。它所依据的是有利无利的原则。有利，则及时、适当地加以运用，如陈平与周勃共除吕氏势力；无利，则暂时回避，以图东山再起，卷土重来，如陈平佯装放浪痴愚。

古书云：“君子藏器于身，待时而动。”一个人的才能就像刀剑的锋刃，可以加以利用，亦可被其所害。陈平就深谙“抱头藏尾”之道，不仅收敛，而且还故意放浪示拙，自毁形象。为的是有朝一日能如愿以偿，一击即成。“头”和“尾”在现实中蜷缩，内心却在局势和韬略间架起桥梁，这便是政治雄才的谋略。

悟理

顶风开船，要付出加倍的力量和代价；风向顺利时，不及时张帆凭风而驶，机遇也会擦肩而过，悔之晚矣。不论做什么事情，如果能够审时度势，做到顺应时机、收放自如，那么就能立于不败之地。

宫刑背后的秘志

历经十数年，被誉为“史家之绝唱，无韵之离骚”的一部恒世经典之作，竟是一个受过宫刑的人写出来的？是的，这部巨著的作者就是我国西汉时期著名的史学家司马迁。

司马迁出身史学世家。父亲司马谈作为当朝史官，除了有责任记载帝王圣贤的言行，整理遗文古事，还一直有志于撰写一部关于中华民族千年历史的空前史著。在父亲的影响和指导下，司马迁从小就博览群书，涉猎广泛；并且从20岁开始，有了一次为期两年的全国实地考察。在那次旅程中，司马迁从不放过任何了解历史的机会，关注当地的风土人情，获得了许多古籍中得不到的历史资料。

元封三年（公元前108年），司马迁38岁时，接受了父亲的遗志，正式做了太史令。这让他有机会遍览汉朝宫廷所藏的图书、档案以及各种史料，他一边整理史料，一边参加改历。等到太初元年（公元前104年），我国第一部历书《太初历》完成，司马迁便开始着手准备编写《史记》。

天汉二年（公元前99年），汉武帝派李广利（汉武帝宠妃之兄）带兵30000攻打匈奴，不曾想却大败而归。后又派当时担任骑都尉的李广之孙李陵与匈奴作战，却只给了5000步兵供李陵调遣。匈奴单于亲自率领30000骑兵把李陵的步兵团团围困，终因寡不敌众李陵兵败被俘。

汉武帝得知李陵被俘后竟降了匈奴，盛怒之下没有任何调查，便下令诛杀了李陵全家，并吩咐司马迁将此事载入史书，以警后世。

少年时养成的“没有调查就没有发言权”的习惯让司马迁立即四处寻访，找到了李陵的旧部，搜集相关资料，了解到诸多真实情况：李陵素来一心报国，这次以区区5000步兵深入沙漠与数倍于己的敌兵对抗，虽然战败，但已剿灭了很多敌人，也可以向天下人交代了。被俘后没有以死殉国，必然有他的主意，准是想将功赎罪以报皇恩。

强烈的感召心让司马迁认为绝不能让忠良之人蒙受不白之冤，于是毅然决定以事实为据，写出真相。朋友得知司马迁要为李陵澄清事实，认为这一举动很可能会给他引来杀身之祸，提醒司马迁要三思而后行。

但司马迁丝毫不改自己的初衷，正色道：“先父在世，曾谆谆教诲我史须采实，著史须以事实为准，我也深知此理。所以，我又怎么能违背父训，泯灭良知，不让事实真相大白于天下呢？”

然而，就是这一“史须采实”的心志让司马迁大难临头。汉武帝看了司马迁的手稿之后，认为他这样为李陵“辩护”是有意贬低李广利，不禁龙颜大怒：“你这样替降敌之人强辩，不是存心反对朝廷吗？”遂以包庇降犯的罪名将司马迁关入大牢，并定为死罪。

老丞相得知后，冒死向汉武帝求情，并要求与司马迁同担罪责。无奈之下，汉武帝只好应允司马迁可以用钱财来替代死罪；否则，就要接受宫刑。

消息传到大牢后，众人皆喜，唯有司马迁深深叹息：自己为官清廉，仅靠俸禄根本无法付得起抵罪的巨款。接受宫刑？且不说对于一个五尺男儿身心的摧残，就是对于家族来说，又是怎样的耻辱！

在传统的伦理观念中，“诟莫大于宫刑”，“刑余之人”是被人看不起的。司马迁在《报任安书》中说：“夫中材之人，事关于宦竖，莫不伤气，况慷慨之士乎！”所以司马迁视腐刑为奇耻大辱，不仅“重为乡党戮笑”，而“污辱先人，亦何面目复上父母之丘墓乎？”

士可杀不可辱，司马迁在生死面前从未畏惧过。他的牙齿摩挲着舌头，一闭眼，一使劲。就在他准备用力的一瞬间，铁窗外的一股晚风吹卷了摆在他面前的纸稿。"人固有一死，或重于泰山，或轻于鸿毛。我为什么而活？我人生的真正价值是什么？"司马迁昂头滑泪，是史书，是这部将记载中华民族千年历史的著作！

面对宫刑所带来的奇耻大辱，在生与死的选择上，司马迁徘徊了多时。终于，司马迁把舌头从牙齿中缩回。几天后，他接受了宫刑，为了心中的夙愿，他知道只有忍辱，才能负重。虽然他最终为了那无声的立言事业选择了生，但"刑余之人"的痛苦一直煎熬着他的后半生。

太始元年（公元前96年），汉武帝改元大赦天下。已年逾五十的司马迁出狱后当了中书令。此职本由宦官担任，是皇帝身边机要秘书长官，侍从左右，出纳奏章，位卑权重，被朝臣目为"尊崇任职"。司马迁不以为荣，反以为辱。

在《报任安书》中司马迁满怀凄怆地诉说他的痛苦："太上不辱先，其次不辱身，其次不辱理色，其次不辱辞令；其次诎体受辱，其次易服受辱，其次关木索、被棰楚受辱；其次剔毛发、婴金铁受辱；其次毁肌肤、断肢体受辱，最下，腐刑极矣。"司马迁一气排列了十种耻辱，都是人世间的极大不幸，而"最下，腐刑极矣"。一个"最"字，还要加一个"极"字，可以说把辱写到了极点，司马迁也痛苦到极点。

这种痛苦的煎熬，是难以用笔墨来形容的。这就像一个以贞洁出名的烈妇，忽然被判定为妓女；一个对中状元十拿九稳的举人，结果连进士都没中；一个满心以为异性很爱自己，而自己也深陷爱河的男子，却发现对方不过拿自己解闷。不仅有巨大的肉体上的痛苦，而精神上的创伤更甚百倍。这世界上最可怕的并不是死，而是痛苦地活着。

在饱尝了比死亡更加屈辱的人生况味后，出狱后的司马迁更加发愤，把痛苦化为动力，一心写作。直到征和二年（公元前91年），终于完成了不朽的史学巨著《史记》。

炼习

如果没有树立著作《史记》的宏大目标，以司马迁刚烈、正直的个性，宁可选择去死，也不会宫刑，这种苟且地活着是需要极大勇气的，是一种大勇。正是因为他内心的远大而坚定的目标，坚持写出一部真实的史书，才能忍常人所不能忍，才会以超常的毅力“熬”出人生的芳华。

悟理

人生需要忍耐，但是忍耐只是手段，而非目的。有目标的忍耐，是忍辱负重；为了活命的忍耐，是苟且偷生。一个人只要对自己的目标专注并且有热情，就会形成一种执著的品性，而这种执著反之又能铸造我们巨大的忍耐力。只有“坚如铁”的忍耐，才会有“熬出头”的胜利。

抓大放小，问牛不问人

唐朝画家韩滉的《五牛图》上，有乾隆癸酉御题：

一牛络首四牛间，弘景高情想象间；

舐龁钜惟夸曲肖，要因问喘识民艰。

乾隆诗中有两个典故。其中“弘景高情”是说陶弘景隐居山中不愿为官，但画了两头牛，一个自在地吃草，一个带着金笼头，被拿着鞭子的人牵着鼻子。梁武帝知其意，并不勉强陶弘景出山为官，而是与其书信不断，常以朝廷大事商讨之，被称为“山中宰相”。而“问喘识民艰”则是关于丙吉问牛的故事：

西汉宣帝即位后第五年的一天，摆在御案上的数份奏折，让宣帝颇感为难：朝中数位达官要人纷纷上书参奏一人，他就是当朝丞相丙吉。而引起众人不满之事无一不是说丙吉忽略国家大事，专挑一些乡间街井中的芝麻小事过问。上书之人都要求宣帝严责丙吉，以肃朝政。

这个高居丞相职位的丙吉，难道是个糊涂虫吗？当然不是，丙吉宽和仁厚，性情高洁，还是汉宣帝的救命恩人，对宣帝有抚育之恩。而且丙吉处理国事向来勤勉厉行，而今怎么会如此荒诞不堪呢？汉宣帝不免心生疑惑。在拿出处理意见之前，先派人暗中调查了一番。

原来，起因还是因为丙吉的一次外出。那天，手下官员随丙吉出府巡视。途中正好遇上群斗，死伤之人横七竖八地躺在路上。丙吉却好像没有看见似的不理不睬，经过那里时让车夫径直走了过去。

同行官员觉得奇怪，又不敢贸然相问，只得陪同继续往前走。后来，他们到了乡间的一处田地，望见远处有人赶着一头牛。走近一瞧，只见那头牛气喘吁吁，热得直吐舌头。这时，丙吉却让车子停了下来，派侍卫询问赶牛的人：“你赶这头牛走了几里路了？”

这样一来，陪同官员更觉得丞相莫名其妙：刚才在前面路上人死群伤的不闻不问，这会儿却对一头牛问个没完。于是，手下人壮着胆子对丙吉说：“丞相，您是不是搞错了，把该问的忽略了，反倒抓住这不该问的纠缠？”

丙吉并没有马上做出回答，只是意味深长地微微一笑，就继续着他们那天的行程。由此，手下官员皆为不满，便一传十、十传百，反映到了汉宣帝那里。

宣帝听完了密探的汇报更为不解，断定这里面一定有故事，便即刻下令召来了丙吉当面询问。

丙吉得知宣帝心中疑惑后，依然微微一笑，随后才道出了个中的缘由：“百姓相斗而死伤了人，管这种事的应该是长安令、京兆尹等官员的职责，由他们派人去抓捕、审理。到年终时丞相只负责考核他们的政绩是优还是劣。根据考核的结果，奏明给皇上，以供您对他们进行奖赏或惩罚的参考。作为一个当朝丞相，对于一些不该臣管的具体琐事，就不应该亲自去理会。所以，我路过群斗现场的时候就不加过问。至于追问农人那头牛的情况，那才是让我最为奇怪的。现在正是春天，风和日暖，本不应该让那头牛气喘吁吁。但看到它热得却直吐舌头，则说明虽是春天但天气就如此闷热，那是时令失调，不符合节气的征兆。气候反常对农作物和百姓都可能带来灾害。我身为丞相，是朝廷百官之首，我的职责就是要使国家风调雨顺、国泰民安。只要是有关这方面的情况，我都要负责搞清楚，才能做到心中有数。所以，我对牛喘气吐舌的现象就不能不亲自过问了。”

经过丙吉的一番说明，汉宣帝对有这样贤明的股肱之臣倍感欣慰。不但没有责罚丙吉，反而在朝堂之上重赏他，肯定了他对于工作轻重缓急的认识。自此，在丙吉任丞相期间，各级官员职责分明、上下有序，朝廷大政井井有条。汉宣帝在这些良臣的辅佐下，百姓安居乐业，社会风气良好，国家一天比一天繁荣富庶，史称“昭宣中兴。”

炼智

丙吉认为要抓大放小，职责明确：不是自己所应管的，就该由他人去处理。否则就容易陷入繁杂琐事，也容易干扰削弱部属的职能。问题关键在于，对大事或小事的不同判断，才是引发争议的焦点。身为一国之相的丙吉日理万机，但作为一个贤相，还必须要预测未来，协助皇帝抓住根本，从而才能制定出利国利民的大政方针。

丙吉不问看似情形急迫、急待解决的民众斗殴之事，而转问牛喘粗气的“小”事，并非他缺乏责任心，而是丙吉善于透过现象看本质，知道孰轻孰重，关注影响国家社稷之本的农令时节变化，不为小事分心，不为杂事所扰，不在细枝末节上纠缠，可谓是政治头脑十分清醒，工作导向非常准确。

悟理

青少年朋友们在自己的学习生活中，必须明辨大局方向，分清事物的主次缓急；切忌本末倒置，对主次拿捏不准。

以头"逼"得归顺臣

东汉年间，班超帮助哥哥班固一起撰写《汉书》，但他认为一个男子汉的抱负不应只在纸笔上，于是弃文从武，参加了对匈奴的战斗。他坚毅果敢的性格使他在战场上屡建功勋。

汉明帝永平十六年（73 年），东汉王朝为了联合西域各国共同抗御匈奴的侵扰，就派遣班超作为使节出使西域。于是，假司马（代理司马）班超和从事郭恂踏上了去西域的路途，想使那里的大小国家归顺汉朝。

班超一行带着36人来到西域的鄯善国（今新疆若羌一带）。鄯善王一边想归附汉朝，一边又想屈从于匈奴。正在举棋不定之际，班超率汉朝使臣来临。鄯善国王恭敬异常，三日一小宴，五日一大宴；嘘寒问暖，礼敬备至。

一段时间后，班超觉得归顺之事八九不离十了，便准备动身继续西行赶赴他国。忽然感到鄯善王对他们愈发疏懈冷淡了，供给的酒食也不如从前丰富了。班超当即起了疑心："这里面一定有鬼！"

他跟随从人员商量："鄯善王对待咱们和前几天大不相同，你们看出来了吗？"

随从们忙连连点头："可不是，我们也感到有点两样，可没想出原因。"

班超说："一定是匈奴使者到了。鄯善王怕得罪匈奴，就故意冷淡咱们了！"

说来也巧，正在议论之时，鄯善王的手下人推门送来酒食。班超眼珠一转，连诈带唬地发问："匈奴的使者已经来了几天？现住在什么地方？"说着，手下的好几个随从人员也纷纷上前，一副动武论粗的样子。

那侍从哪里见过这等架势，赶忙战战兢兢地如实相告："不瞒班大人，匈奴人来了三天了。他们住的地方离这儿有三十里地。”

摸清情况后，班超也不由得心惊。匈奴在当时是汉朝的劲敌，而且以骁勇善战、作风狠辣著称，攻杀大月氏时甚至用国王的头为盛酒的饮器，就是一个让人毛骨悚然的例子。不难想象，与汉朝政治中心相隔万里的班超一行，倘若被受到匈奴使者授意的鄯善王拘捕，真是哭天不应、叫地不灵的，必须马上想办法扭转这种局面！

为了保险起见，班超命人马上把这个侍从关押了起来。随后，又召集所有的随从人员以“出使有功，酒席庆贺”为由，叫大家来一起喝酒。酒至正酣，只见班超双手捧起酒碗，突然站直身子，冲大家激愤地说：“你们和我都已身处绝境，生死难卜。你我来到西域原是为建功立业，可万没想到，匈奴使者刚到几天，鄯善王就冷淡咱们。如果他欺咱们人少力薄，把我等捆绑起来送给匈奴，他倒可以向匈奴单于邀功请赏；而咱们却要身首分离、尸骨抛撒异乡。你们大伙儿说说，该怎么办呢？”

随行人等一听，大都慌了神，随即群情激奋地说：“我们插翅难逃，不如生死与共。是死是活，全听班大人您的！”

班超猛喝了一大口酒，声音更加高昂：“不入虎穴，焉得虎子？现在只有一个办法最好，就是趁着黑夜，摸到匈奴使者的帐篷周围，一面放火一面进攻。他们不知道咱们有多少兵马，一定心慌。只要杀了匈奴使者，鄯善王就不能倒向匈奴，这样，他就不得不归顺大汉朝廷。”

大家小声嘀咕：“这可是一件大事，要跟郭恂从事商量一下吧？”

班超“涉猎书传”也不是白读的，他显然吸取了历朝因保密不周而举事失败的经验，他决定避免可能泄密的文官郭恂的参与。于是，班超双目怒睁：“大丈夫立大功，称英雄，在此一举。郭从事是个庸俗的文官，叫他知道反倒会误了大事。不必跟他去婆婆妈妈的了，是男子汉的，干！”话音刚落，班超端起酒碗，仰起脖子，咕嘟咕嘟一饮而尽。

众随从纷纷端起酒碗，喝个痛快：“干！今夜拼一场！”

半夜时分，班超带着36个壮士向匈奴驻地偷袭过去。当晚，恰好赶上天刮大风。班超指定十个人拿着鼓隐蔽在帐篷后面，吩咐他们：“看到大火烧起，你们都要拼命敲鼓，大声呐喊，造成声势。”又命令20人拿着刀枪弓弩埋伏在门两边。

一切准备就绪后，班超带领剩下的六个人顺着风向放火。“呼！”红色的火焰冲天而起。十人同时擂鼓、呐喊，其余人大喊大叫着杀进帐篷里。匈奴兵从梦里惊醒，乱作一团，逃遁无门。班超率先夺步冲进帐篷，手起刀落，转眼间，三个匈奴兵的头颅落地。其余壮士跟着冲进帐篷，割下匈奴使者的脑袋后，跑到外边，立刻高举火把，将所有帐篷都点着了。火借风势，舔着火舌席卷帐篷，几乎所有的匈奴兵都葬身火海。当晚匈奴使者屋赖带、副使比离支等三十余人被杀，其余的约百人都被烧死。

事毕，班超以自己不会独擅功劳来安抚“大惊，既而色动”的郭恂，取得内部上下意见一致。郭恂不用自己去拼命，反而白得了功劳，自然不再计较。

天亮后，班超令人请来了鄯善王。刚一跨进帐篷，鄯善王一眼就看到了汉朝人手中拎着匈奴使者的人头，吓得大惊失色。班超话中有话地劝他：“从今以后，我们大汉皇朝和你们联合起来抵抗匈奴，匈奴就再也不敢来侵犯你们啦！”

匈奴使节团在鄯善境内受到重创，鄯善王依附匈奴的后路被断，而且他也看到了汉朝宣示的强大实力。于是，鄯善王面如土色，磕头发誓：“愿意听从大汉皇帝的天命！”鄯善王为表真心，还让其子跟随班超赴洛阳作为人质，彻底归顺了东汉。

炼智

先下手为强，后下手遭殃。假如班超不抢先斩了匈奴使者的头，使鄯善王没有退路，必然会受制于鄯善王和匈奴。莫说完成出使任务，恐怕连性命都难以保全。所以，以迅雷不及掩耳之势进行先发制人，才是班超此次出使西域得以谈和归顺之事的关键。

班超的战术是一种快攻或偷袭，贵在出其不意，攻其不备。这里没有什么先礼后兵，没有什么排阵斗法；有的只是突然袭击，抢到天下为王，抢不到天下为寇。可见，在政治领域中，勇气和决断也同样重要。

悟理

先发制人之谋在某种程度上来说有点背水一战的意味，成败的关键在于“审时度势”：面对犹豫不决两边倒的“随风草”，在对方尚未准备充分之时，抢得先机，占据主动，从而取得决定性的胜利。若是对方以逸待劳或是故意等待“后发制人”，那我们就要灵活运用，另作他法了。

软硬兼施“借”城池

赤壁之战（208年），孙、刘联军以弱胜强，大败曹军水师于长江中游地区，迫使本已控制南郡的曹操势力不得不放弃南下及东进的战略意图，据守襄阳。曹操北还之后，留大将曹仁守南郡，夏侯敦守襄阳。孙刘两家便开始瓜分胜利果实。

由于荆州乃兵家必争的重镇，所以东吴主帅周瑜亲任南郡太守，坐镇荆州，而功劳甚伟的刘备却只能率本部兵马守江南的油江口立营。刘备居公安，地小物薄，不利于发展。随后，周瑜领兵去争夺南郡。

应当说，曹军此间留在南郡境内的兵力依然不弱，周瑜与其副手程普跟曹军针锋相对将近一年，还是不能攻下江陵。也正是有了这个空档，才给刘备留下了可乘之机。经过数次恶战后，周瑜终于赶走了曹仁和夏侯敦。可万没想到的是，在周、曹交战之中，刘备却乘机夺取了南郡和襄阳。

周瑜愤怒异常：自己苦心奋战，岂能让刘备坐收渔翁之利？正待兴兵问罪，却被参谋鲁肃拦住，请命去和刘备谈判归还之事，若不成，再打不迟。

鲁肃满怀希望地拜见刘备，说明了来意后，却出乎意料地吃了一个闭门羹。只听得军师孔明“倒打一耙”的指责，诸葛亮开场就义正词严地说道：“常言道：物必归主。荆襄九郡非东吴之地，乃刘景升之基业。吾主固景升之弟也。景升虽亡，其子尚在；以叔辅侄，而取荆州，有何不可？”随后，竟请出公子刘琦，以正视听。鲁肃无奈，最后只得达成“若公子不在，须将城池还我东吴”的协议。

后刘琦病死，刘备也攻下了荆州南部的四郡（今湖北零陵、桂阳、武陵和长沙）。

可又担心东吴强讨恶要，故而整天闷闷不乐。

诸葛亮很快就发现了刘备的心思，问道："主公是为荆州之事发愁吗？"

刘备叹了口气，转问道："难道军师有什么好主意？"

只见诸葛亮用指头蘸了几滴茶水，在刘备的手心上写了一个"借"字。

刘备一惊，心想：此乃偌大地盘，并非钱粮小物，东吴又怎会轻易举借于我？正当刘备打算进一步询问时，突然门卫进来禀报："东吴谋士鲁肃前来求见。"刘备知道他是为催讨荆州而来，更是愁上添愁。可是诸葛亮听后却莞尔一笑，连忙附在刘备耳边如此这般地交代了一番，然后赶忙出去迎接鲁肃。

鲁肃被诸葛亮迎进门后，屁股还没坐稳，就见刘备呜呜地哭了起来，十分伤心。

鲁肃奇怪地问道："刘皇叔何事这般伤心？"

诸葛亮代答道："我家主公本想奉还荆州，可自己又无立足之地。想派兵去取了西川，再还荆州，又恐伤了孙、刘两家和气。因此左右为难，不免伤感。"

鲁肃是个直肠子的老实人。见刘备这么一副可怜的样子，不禁心肠软了起来，他关心地问刘备："皇叔有什么需要我帮忙的呢？"

刘备假装哽咽地说道："承蒙子敬关照，我只想把荆州暂借一时，待我取了西川，便立即归还吴主。"随即取出文房四宝，当即以一纸文书为据，相约"得西川，还荆州"，并签字画押。

鲁肃虽然为难，却也只得手捧字据悻悻而归。临别时，诸葛亮又嘱托鲁肃说："子敬回见吴侯，须善言伸意，休生妄想。若不准我文书，我翻了脸皮，连八十一州都夺了。今只要两家和气，休教曹贼笑话。"鲁肃诺诺答应。

刘备给孙权出了个大难题：若是不允，数万精锐之师孤悬于刘备的三面围困之中；再说，曹操新败，也不能不担心他卷土重来，横施报复。但要是允许"借"出去，谁知道是不是肉包子打狗，有去无回呢？但现在地盘在人家手里，又能奈何？

眨眼间又是两年过去了，鲁肃第三次催讨时，孙权的妹妹早嫁给了刘备，刘备已成为了江东的女婿。鲁肃只说看在两家结亲的面上也应早早归还交付。刚一开口，刘备就掩面而泣，好不伤心。

鲁肃一时不知就里，慌了手脚。此时诸葛亮从屏风后走出，说："子敬可知我主何故而哭？当初我主借荆州时，许诺取得西川便还。仔细想来，益州刘璋是我主人之弟，都是汉朝骨肉，若要兴兵去取他城池，恐被外人唾骂；倘若不取，还了荆州，何处安身？若不还时，于尊舅面上又着实难看。处境两难，因此泪断肝肠。"

诸葛亮说罢，触动刘备衷肠，二人真个捶胸顿足，放声大哭。

本就心肠尚软的鲁肃也难免动情，不禁劝说："皇叔且休烦恼，与孔明军师从长计议。"

诸葛亮顺势而言道："有烦子敬，回见吴侯，勿惜一言之劳，将此烦恼情节，恳告吴侯，再容几时。"

鲁肃是个宽仁长者，见刘备如此哀痛，只得应允。

第四次谈判，却是东吴帐下的诸葛瑾前来，此人乃是诸葛亮之兄。无疑，这次东吴是想利用亲情而威逼。

但诸葛亮与刘备已事先约好，刘备假装怒斥孙权，扬言兴兵江南。而诸葛亮则当着诸葛瑾的面，为兄求情。最后，刘备才徐徐答应，手书一封交付据守在长沙、零陵等郡太守关羽，让其将城池交割给孙权。

这边，诸葛瑾执刘备手书赶赴荆州，关羽闻听来意后，顿时变色说："吾与吾兄桃园结义，誓共匡扶汉室。荆州本大汉疆土，岂得妄以尺寸与人？将在外，君命有所不受。虽吾兄有书来，我却只不还。"

诸葛瑾有意借军师诸葛亮之面再言，关羽喝斥道："休再言！不看军师面上，教你回不得东吴！"

诸葛瑾满面羞怒，急辞下船，再往西川见孔明。诸葛亮却已独自出巡去了。至此，荆州这个军事要地被诸葛亮一"借"就借了数年之久。随后，东吴难免动了真气，急要毁掉"蜀吴联盟"之约。正当双方剑拔弩张、行将动武的时候，从蜀地传来了曹操将要攻取汉中的消息。为了保证已占领之地益州的安全，刘备只好妥协让步。于是双方以湘水为界，分割了荆州。这一城池之争方才化解。

炼智

孙权之所以会借出荆州而要不回，主要原因还是形势所逼，年轻的孙权意志不够坚定，另外还有刘备一方的花言巧语所致。一念之差，以致一步迈出，后面不得不继续走下去，难以挽回。建安十三年年末和建安十四年实为孙权的生死年，一年多的时间孙权都在南郡和合肥两个方向承受着曹军的巨大压力，而刘备却可以抓住机会，大捞地盘，终于奠定了霸业的基础，这就是所谓的“机不可失，时不再来”和“时势造英雄”。

从“公子死，还荆州”，到“得西川，还荆州”，以至“取汉中，还荆州”，诸葛亮巧妙地运用了软硬兼施的谋术，顺应当时的天下大势，着实达到了长期霸占荆州的战略目的。软，体现了友善、涵养和通情达理；硬，则显示尊严、原则和力量。所以，要根据形势变化，灵活运用。只有软硬得当，才能更好地储蓄力量，厚积薄发。

悟理

凡事都不可偏激两头，要考虑到实际情况，不偏不倚，无过无不及。在处理矛盾时，善于执两用中，折中致和。以中正、中和的思想因时制宜，通权达变。

“凤雏”暂做小县令

赤壁大战后，各路英豪均已纷纷浮世，各显英才。此时，荆州襄阳(今湖北襄樊)却还有一人郁郁寡欢、志不得抒。这人就是与“卧龙”诸葛齐名于荆州，素有“凤雏”之称的襄阳名士庞统。

庞统，字士元，三国时期杰出的智谋之士，其号为“凤雏”，与诸葛亮的“卧龙”并称于当时，可以说是当时的谋界“双子星”。大隐士司马徽曾夸赞说：“卧龙、凤雏，两人得一，可安天下。”

庞统的出场无疑是华丽的，在决定三国命运的关键战役——赤壁之战中，庞统的连环计起到了关键的作用，同时也为他日后的入仕奠定了基础。赤壁一战让东吴名声大噪，鲁肃作为吴国信任的大都督，曾着力向孙权推荐庞统，但因为庞统在与孙权的交谈中对周瑜语露不敬，而孙权平生又最重周瑜，所以孙权发誓此生断不会用此人。于是孙权对庞统作出了永不录用的决定。

其实，心高气傲的庞统也许本来就没打算给孙权打工，他去东吴寄寓可能是为了与诸葛亮、徐庶形成三方策应，决胜赤壁，曲线救刘而已。东吴谋士鲁肃深知庞统其人，为吴侯不用其才倍感惋惜。临别之际，好心推荐他去蜀国的“刘皇叔”之处，以期得到重用。

庞统听取了建议，又只身来到蜀地投奔刘备。军师诸葛亮知道后，特意手书一封推荐信交与庞统，告诉他说刘备见此信后一定会尊之如上宾。不过庞统个性生来刚直，并不屑于此种“走后门、拉关系”的方式。这天，他来到刘备门下，并没有将推荐信呈上，只是以一个平常谋职者的身份求见。

此时正赶上刘备小憩，却听通报门外有人投奔，随即缓缓更衣走出相见。然而，只看眼前之人“浓眉掀鼻，黑面短髯，形容古怪”，总之就是一个“丑”字，不免失落而愠怒。刘备刚要发作，又恐毁了自己“礼贤下士”的美名，断了贤才之路，于是强忍不快道：“我看先生其貌不扬，素来也并无过多了解，就请先生先去耒阳（湖南省衡阳市东南部）做个县令吧。”

很显然，刘备也落了下乘，有“以貌取人”之嫌。作为主公，这样的心态是不对的，你又不是追星族，管对方是不是帅哥干嘛？只要有才不就行了，不过刘备就是犯了这样的低级错误。

庞统多少有些意外，但面对这样的待遇却也并没有耿耿于怀。自己长得丑自己倒是知道，可是才华一时半会儿也展示不出来。他深知靠人推荐难掩众口，于是决定韬光养晦，等待时机的到来。于是向刘备弯腰行礼说：“谢皇叔。”遂领命而去。

到了耒阳，庞统故意不理政事，终日饮酒为乐，一应钱粮词讼概不过问。耒阳百姓议论纷纷，状纸告到刘备那里去了，因为刘备手下闲人也不少，但没见过这么闲的。于是，刘备听闻后大怒，遂派孙乾与张飞一同去荆南巡视问罪。

其实，这正是庞统一心等待的机会。庞统知道张飞爱呷酒，怕他酒醉误事。就吩咐各家酒店，卖酒一律掺水。同时又传呼所有案犯人员，都到县城听候发落。张飞来到耒阳，虽四处喝酒，但只饱不醉。到了耒阳县衙，看大门紧闭、堂鼓破败，里面没有一人出来迎接，不禁火冒三丈，直要夺门而入擒拿庞统。孙乾在一旁拉住劝说，见庞统了解了情况后，再治罪不迟。

正赶上此时县衙外徘徊着一位老妇，迟迟疑疑不敢击鼓。于是，张飞怒目圆睁地走上前去，替老妇敲响了门外衙鼓。好半天，庞统才从后室出来升了堂，看见张飞等人也不惊慌，径自坐在了墙上方悬挂着“明镜高悬”牌匾的县令椅上。只听惊堂木一拍，昏昏欲睡的庞统突然睁大了眼睛，“区区小事何足为奇！”对堂下老妇细细询问、一一判断。不到一炷香的功夫，便了结了此案，老妇欣喜而归。

坐在一旁的张飞见状，不禁缓和了神情，胡须上挑。但仍然余气未消地质问：“素闻你上任以来不理政事，整日寻欢作乐，却是为何？”

庞统向旁边瞥了一眼，不屑言道：“区区一县之事，哪里用得上天天升堂？我现在不出半天就能把近两月以来的大小积案全部处理完毕。”说着，对手下衙役大喝一声“拿卷宗来”，就开始了他上任以来的第一次办公。

庞统快速浏览了所有备案的卷宗，一一宣来证人。公堂上黑压压地跪着一大群原告、被告，他们都争先恐后地要求诉状。庞统说：“尔等不必争先恐后，只管同时诉来。”于是叽哩呱啦，吱吱喳喳几百张嘴同时诉状。张飞在一旁听得稀里糊涂不知所云，庞统则时而点头，时而皱眉，胸有成竹，他一边听诉状，一边判案。

只见惊堂木一起一落之间，就完成了一个案子的裁判。围观的百姓无一不对其公正严明而又迅速机智的判案深感佩服，纷纷鼓掌致意。果然不出半日，所有沉积的旧案就被庞统处理得干净利索、曲直分明。

至此，才使得张飞看到了庞统的真才实学，不禁对其敬佩不已。只见他从椅子上跳了起来，不由分说，拉着庞统的手就往回程奔走。见了刘备之后，一五一十地把所见所闻报告给刘备。

庞统半日内就将一百多天的公务处理完，的确说明他本身很有才干。他远不止一个“百里之才”，耒阳县这样的小庙显然容纳不了庞统这座大佛。

刘玄德这才知道自己有察人之失，赶忙对庞统赔礼致歉。与之谈论军国大事后，更觉其才华过人。此时，庞统才拿出诸葛亮的推荐信。刘备恍然道：“先生就是凤雏！恕备有眼不识泰山，怠慢了先生，还望多多海涵。”

从此，刘备对庞统大为器重，拜为治中从事，不久又与诸葛亮同为军师中郎将。庞统凭借自身的非凡才华，终于得以脱颖而出，后在“献计征蜀”中，与诸葛亮、法正一起共赞方略，辅佐刘备得到一方沃土。

明鏡高懸

炼智

真正有才能的人并不计较平常人的称赞或重视与否，他们的自信是发自内心的。平时不露声色，能糊涂的时候就糊涂，为的是养精蓄锐，等到关键的时候再一鸣惊人。

庞统确实做到了该藏则藏、该露则露。他故意让自己显得糊里糊涂、昏庸无度，从而引起刘备等人的注意。等到了关键的时候，那些蕴藏已久的智慧便迸发而出，给人以出人意料的感受。凸显的才干使他步步高升，顺风顺水，不久便得到重用。

悟理

所谓"真人不露相"，才智越高的人，学习越刻苦，见闻越广博，越谦虚谨慎，从不炫耀和显示自己，而是会默默地寻求发展机会。在某种程度上说，别人不容易观察你，你却容易观察到别人，并且会根据情况制定自己的计划。由此可见，学会适时收敛锋芒，才是真正的智者。

装病反得权

曹操还健在的时候，虽然很赏识司马懿的才干，却并不信任他。曹操觉察到他有雄豪之志，不禁深感忧虑，每欲加害。他曾对其子曹丕说："司马懿非人臣也，将来一定会干预你的家事。"然而，曹丕与司马懿的关系甚好，并未把父亲的告诫当回事。他对司马懿总是多方保护，才免其被害。

而司马懿也不是傻子，他看出曹操对自己多有疑虑，便做出满足现状之态，好像对权势漠不关心。由此，司马懿的韬光养晦之策，蒙混了老奸巨滑的曹操，保全了自己。

曹丕称帝后，司马懿的地位逐渐提高。226年，曹丕死。太子曹睿继位，史称魏明帝。在频繁的用兵之中，司马懿逐渐掌握了曹魏的兵权，成为最有权势的大臣。

景初三年(239年)正月，魏明帝去世后，时年八岁的齐王曹芳即位，司马懿则与大将军曹爽一同接受遗诏辅佐少主。司马懿任侍中、持节，督统中外诸军，录尚书事，和曹爽各统精兵3000人，共执朝政。

然而，曹爽一直想独揽大权，篡位称帝。这个时候，司马懿的胜利果实开始被削夺，太尉、大将军都是掌兵的，开始二人基本上呈均势。后来，曹爽手下的心腹们设计用皇帝的名义提升司马懿为太傅，太傅不掌兵，实际上就是夺去了他的兵权。司马懿只领个虚职，心里肯定是不服气的。此时，曹爽得势，二人的实力悬殊较大。所以他只能装聋作哑，一副毫不在乎的样子。

正始八年(247年)，曹爽用心腹何晏等人之谋，把太后迁到永宁宫。一时间，曹爽兄弟"专擅朝政，兄弟并掌禁兵，多树亲党，屡改制度"，以此来排挤司马氏的势力。

司马懿深知以眼前之势，实难抵挡曹氏之霸，又恰好赶上元配夫人病逝，于是司马懿便上书皇帝称自己悲伤过度，身体已染重恙，无法参与朝政，请求引退。

从此一连两年，司马懿一直以“太傅”之位装病在家。实际上，他却无时无刻不在留意宫中的动静；同时，还极力培养自己的势力。一段时间后，曹爽果然对他完全失去了戒心。

魏正始九年(248年)十二月，曹爽得知来年曹芳帝及文武百官将要祭扫高平陵(魏明帝墓，在洛阳南)，顺便狩猎。他意识到这是起兵的绝好机会。于是便一门心思谋兵布将，准备出击。

这时，大司农桓范意识到，皇帝大举出城，京都便会空置。如果有人乘机占领都城，那么国家将会很危险，便劝曹爽说：“总领禁兵，不可兄弟二人同出，以防城中变乱。”

曹爽一脸不可一世地反问道：“哪个敢反？”

桓范说：“大将军难道忘了城中尚有猛虎三只？就是司马氏父子啊！”

这更加引起了曹爽的鄙夷，只见他不屑地说：“司马老儿老病缠身，死在旦夕，有何可忧？”

桓范说：“此事不可不防，不如让李胜以新命荆州刺史为名，前去探望虚实。”曹爽听了也觉得有些道理，就同意了。

一个大雪纷飞的日子，李胜到达太傅府。司马懿连忙佯装病重，让两个侍婢扶持自己。李胜来到内室，只见司马懿躺在床上，手要拿衣服却抖掉在了地上，还指着嘴说口渴。侍婢献上粥来，他用口去接，米汤流得满身都是。

李胜见状，不禁上前行礼说：“好久没有看到太傅您了，今天特来拜望；当今天子命我为荆州刺史，我今天是特地向您来拜辞的。”

“咳！咳！”司马懿猛咳不止，说：“委屈你到并州，真是太可惜了。并州之地，靠近胡人，你可要好好准备，以防止战事随时发生。”

李胜以为司马懿没听清楚，又大声说了一遍：“是荆州刺史，不是并州。”

司马懿显出一副老态憨傻的样子，痴笑道：“哦，不是到并州去啊。那这么说你是从并州来的？”

李胜又逐一解释说是从南边的荆州而来。随后，李胜回头问司马懿之子司马师说：“几日不见，太傅怎么病得这样严重了呢？”

司马师黯然神伤地说：“是啊，他病得耳朵都聋了。”

李胜勉强又慰问了几句，便匆匆告辞。他心中暗自高兴，回去报告曹爽说：“司马老儿喝了一口汤，弄得满身都是，狼狈至极。现在似乎是病入膏肓了。大将军不足为虑！”

曹爽听说后，甚是欣喜，拍着李胜的肩膀说：“太好了！这个老家伙一死，我就再也没什么好担心的人了。”于是曹爽一行人兴致冲冲地投入到出行的准备中，再不对司马懿有任何防备。

司马懿年纪大了，有病是很正常的，所以就很便于伪装。不管他是真病假病，只要曹爽防范得当，大家就都会相安无事。这样，司马懿只能选择一直伪装下去。这一伪装，就是九年，从61岁熬到70岁，如果再没有胜机出现，司马懿就只能伪装到去世了。但是，这个机会现在来了。

这边，李胜刚一出门，司马懿便“腾”地从床上坐起，随即更衣下床，找来亲信近臣，逐一吩咐部署。249年，在曹爽随魏帝曹芳离开洛阳祭扫高平陵的时候，司马懿父子抓住时机，发动政变，以谋反的罪名杀了曹爽及其党羽何晏等人。从此曹魏的军政大权完全落入司马懿的手中，为司马氏取代曹魏奠定了基础。

炼智

司马懿可谓深谙“韬光养晦”之道。他藏才隐志，暂时退匿，故意装出人老病衰的假象而欺骗了曹爽等人，使他们放弃了防备。表面上收敛锋芒，隐蔽实力和企图，实际上只是解除对敌方所造成的威胁感，麻痹其意志。终于，在蓄势完备之时，一举把持了大权。

悟理

当人生处于逆境时，如果硬要违背客观规律，非要蛮干硬顶，其结果不仅无助于事情的解决，反而会加剧事态的进一步恶化。逆境之中最关键的就是顺应所处的环境，并积极积蓄力量。

“皮球赛”踢出的反间计

东晋晋元帝时，中原大片土地沦入北方胡族手中，东晋内部司马氏政权也不稳固，被王、桓、庾、谢等几大家族轮流把持，史称“王与马，共天下”，就是说王氏家族的势力很大，王氏跺一跺脚，这个司马氏王朝就得摇三摇晃三晃。

后来，朝廷内有态度暧昧的王导主持朝政，外有桀骜不驯王敦手握重兵，权倾天下。

323年，晋元帝司马睿死，太子司马绍即位，就是晋明帝。此时统治集团内部争权夺利的斗争已经进入白热化。拥兵自重、占据长江上游的王敦更是飞扬跋扈，一心想要取得东晋的最高统治权。但司马绍不是一个懦弱的君主，新登帝位的他无论如何都不能容忍王敦染指皇权，决心铲除琅琊王氏在政治和军事上的势力。

苦思冥想后，晋明帝在心底暗自揣摩：面对自己新位不稳、王氏强大的不利局面，有什么办法能与之抗衡呢？看来只有以柔克刚来化解了。他决定用一场“皮球赛”让东晋的政治舞台得以清明。

在这样的大背景下，一个人作为这场皮球赛的“球”浮出了政治水面，他就是侍中温峤。那么温峤是何许人也？温峤，字太真，太原祈县人(今山西祁县)。父憺，河东太守。温峤天资聪敏，长相很漂亮，风度翩翩，口才极好，善于与人交往。他先在西晋任左司马，后由于西晋灭亡，随司马睿退守江左，在东晋王朝任散骑侍郎，以后就一直任太子中庶子，就是太子的老师，更是幕僚。而当时的太子，就是现在的晋明帝，可见，温峤绝不是一般人。

司马绍让温峤参与军政大事，草拟所有重要的诏书公文，对其委以重任。而温峤的才干也颇为突出，很快就被擢升为中书令。一时间，温峤在东晋朝廷的权势炙手可热，被视为司马王朝的栋梁之臣。这引起了王敦的惊恐，他请求将温峤调到他的大将军府任左司马。

其实，王敦是不安好心，他知道温峤是明帝的心腹，又知道温峤很有能耐，由他辅佐明帝，对自己将是最大的威胁。即使不会被他所害，也将失去对朝廷的控制，因此就要温峤做自己的左司马。温峤知道自己实际上是当人质，被看起来了，但不敢不去；此时的明帝还没有力量违抗王敦，也不敢不放。

温峤明知此职暗藏杀机，看出王敦想要巧借事端以军法除之，既名正言顺，又不会有害贤的恶名。但自己却无法拒绝，否则抗命不遵也就成了罪名。

温峤只身来到武昌后，对王敦十分敬重，俨然一副愿与之肝胆相照的模样。同时，还不时地密呈策划，以求得王敦的信赖。他做的事情都很适宜，王敦想找杀他的事端，一时还找不到。除此之外，温峤准备从王敦唯一的亲信钱凤身上下手。他经常赞扬钱凤经纶满腹，才华过人，简直就是当世奇才。

温峤一向有识才看相的美誉，一番赞扬后，钱凤心里十分受用，便逐渐加深了同温峤的交往。他时常在王敦面前帮温峤美言，两人一副挚交模样。有了钱凤的从中说和，王敦对温峤的戒心淡化了许多，慢慢地视其为心腹。

可这时，王敦的谋反工作已准备得差不多了，温峤心急如焚，就是找不到合适的借口脱身向朝廷密报。正当时，赶上丹阳太守一职告缺，温峤便准备借此脱身。可温峤也深知，这个关键的职位，王敦必让其心腹之人担任。于是，温峤在此节骨眼上也如此这般地导演了一场“皮球赛”。

温峤对王敦进言，大力举荐钱凤。而钱凤又碍不住情面，反而认为温峤值得信赖。这时温峤故意推之再三，王敦却当场拍板，指定温峤担当此职。丹阳太守这一“皮球”由温峤踢出来，在三人之间如此踢了一圈，又回到了温峤手中。

然而，收“球”之后，温峤心里并不踏实。他深知老谋深算的钱凤随时都有可能改变主意，让王敦阻止自己到丹阳赴任。因此，温峤决定非把王、钱二人离间了不可。

却说这天为给温峤饯行，王敦特意大摆筵席。酒过三巡，温峤佯装吃醉了酒，歪歪倒倒地向在座同僚敬酒。当他走到钱凤身边的时候，还没等他喝，温峤就突然把他的酒杯打翻，醉态十足地骂道："你钱凤何等人，我温峤敬的酒你都敢不喝！"王敦以为温峤真地喝醉，连忙拉住他，并劝两人不要因此而误会。温峤离去时，突然跪在地上向王敦叩别，眼泪汪汪；出了王府门后又回去了三次，一副万般不舍的样子。这些都令王敦十分感动。

果然，温峤离去不久，钱凤突然警觉，他赶忙向王敦密告，说温峤历来是朝廷的人，他投靠我们必有贰心。而王敦的反应也正如温峤所料，认为钱凤是因为宴会上受了温峤的羞辱而恶意中伤，便斥责他气量太小，挟私报复。一时间，钱凤有口难辩。

就这样，王敦身边仅有的将才被冷落轻视，不被善用。另一边，温峤携带王敦起兵造反详细部署的密件回禀晋明帝。

太宁二年(326年)，王敦公然反叛，朝廷有了准备，温峤依托地势之利，与左卫将军庾亮率兵平叛，王敦在气恨交加中死去。王敦之乱不久，又发生了苏峻、祖约之乱。而平定苏峻、祖约之乱，朝廷也多赖温峤之力。事后，温峤拜骠骑将军。咸和四年(329年)，他先患齿疾，不久中风而卒，年仅42岁。温峤作为晋室的功臣而名垂青史。

炼智 温峤的韬晦之计、匍匐之策无疑值得我们玩味。做人固然需要刚强，但如若一味刚直不屈、猛攻猛打，失败就是不可避免的，有时甚至还会遭遇不测。在面临尴尬或危险的情况时，一定要保持头脑的灵活。委曲求全，匍匐保身，先将自己置于有利地位，等时机成熟之后以期东山再起。

悟理 人一旦形成了某种印象之后，便有了一种固定的思维模式。可见，在人际交往中，我们可以给对方以正面的心理暗示，以期留下一个深刻的、良好的印象，这样就易于今后的交往中获得好感，从而奠定了和谐的人际关系的基石。

求和“换”来的王朝

向外寇俯首称臣，最终建立了属于自己的王朝？不必惊讶，历史告诉我们这确有其事。

隋朝末年，由于隋炀帝荒淫无道、残暴不仁，全国人民忍无可忍，纷纷点燃起义的战火。从隋炀帝大业七年(611年)开始，全国各地先后兴起的反隋起义军大小不下100支，人数达数百万，其中实力最为强大的农民革命队伍有三支：一支是河南李密、翟让的瓦岗军，一支是河北的窦建德军，一支是江淮地区的杜伏威军。

甚至，就连当朝许多官员也频频倒戈。这让隋炀帝大为恼火，因此他疑心重重，怀疑朝中大臣阴谋叛乱，稍有风吹草动就抄家灭门，许多无辜之人惨遭不幸。

唐国公李渊曾多次担任隋朝中央和地方大员，文武全才、政绩突出，深得民众的爱戴。可另一方面，这无疑引起了隋炀帝的诸多猜忌，稍有动静就命人严密注意李渊的一举一动。此时的李渊已成为隋炀帝的“眼中钉”了。

如此危局让李渊意识到了危险，但若现在起兵反隋又因力量不足而显得过于仓促。他深知，只有谨慎低头，才不会像其他大臣那样惨遭灭门之灾，才有可能等待日后之机。于是，他故意到处收受贿赂，贪赃枉法，败坏自己的名声。又整天沉溺于声色犬马之中，一改往日勤俭廉洁的作风。李渊的谨慎行事让隋炀帝稍稍放松了对他的警惕。在此期间，李渊暗中招兵买马，扩充实力。几年的时间里，他有惊无险地瞒过了隋炀帝，保全了自己。

616年，李渊奉命留守太原，曾多次遭到北边突厥数以万计的精兵的进攻。为守城池，李渊派部将王康达率千余人出战，可结果却一败涂地，几乎全军覆灭。多亏李渊用计吓退突厥兵，暂时守住了太原城。突厥兵刚走，叛将郭子和等人依靠突厥的支持和庇护又纷纷向他挑衅。这让李渊有些招架不住，防不胜防。当时隋朝已经衰败，如果太原失守，昏庸的隋炀帝随时都可能以失职为借口，要了李渊的性命。

面对这样的内忧外患，几乎所有人都认为李渊为了自保必然会奋起反击，只有一个人除外——他就是李渊自己！李渊大出众人所料，甘愿向突厥称臣，也愿意把自己所有的财宝全部进献给突厥可汗。这不仅不会得到隋炀帝的宽恕，而且对于身为隋将的自己来说，也无异于羊入虎口。

那么，李渊这么做是出于怎样的考虑呢？

李渊当时手下多说有三四万人马，就算要与突厥决一死战，也未必能守住太原，更何况在应付突厥的同时，还要抵抗四周有突厥撑腰的盗寇，这样看来胜利的机会显然是微乎其微。而现在要进入关中，留下重兵把守太原显然不是一个好方法。唯一的办法就是与突厥讲和，献宝、称臣。所以李渊甘愿忍让向突厥低头。

李渊早就估计好了天下大势，如果决定要起兵反隋，太原虽是一个军事重镇，但并不是最为理想的起兵基地；西入关中则是反隋最明智的选择。李渊意识到突厥不但是一支可怕的现实力量，而且也将是他争夺天下的后顾之忧，如果不与突厥搞好关系，就无法保住太原，难以顺利西进。

于是，唐国公李渊亲自给突厥国始毕可汗写了一封卑辞修好，并许以“称臣纳贡”的书信，又带上一份厚礼，派刘文静前往突厥谈判。

刘文静到达突厥时，始毕可汗问：“唐公起事，今欲何为？”刘文静回答：“皇帝废冢嫡，传位后主，致斯祸乱。唐公国之懿戚，不忍坐观成败，故起义军，欲黜不当立者。愿与可汗兵马同入京师，人众土地入唐公，财帛金宝入突厥。”始毕可汗听了大喜，立即派遣大将康鞘利率领两千骑兵，随刘文静前往太原，又献上马千匹表示友好。

李渊对突厥的让步果然得到了突厥可汗的修好，证明了李渊的“示弱”策略奏效了。李渊乘此机会购买了许多马匹，为兴建一支强悍的战斗队伍奠定了强有力的基础。加之当时汉人一向惧怕突厥兵的英勇善战，而李渊军中恰恰又有突厥骑兵，这一优势自然为他增长了不少士气，底气也就壮实起来。

起义军经过七年的浴血奋战，到了隋炀帝大业十三年（617年）的时候，隋朝政权的崩溃已经成为必然趋势，同时各路起义军也遭到了重创。这年七月，一直在等待时机的李渊、李世民父子看到时机成熟，在晋阳（今山西太原）率军30000誓师，正式起兵。挥师南下，攻取长安。后在次年五月李渊自立称帝，开创了李唐王朝。

炼智

当竞争对手的实力明显强于你时，你完全没必要为了面子或意气去碰硬。倒不妨向对方示弱，以麻痹对手。

如果没有那个为了远大目标的实现而“示弱”的李渊，又哪里还会有太原起兵，成功夺得天下，开创了大唐几百年基业的唐高祖？虽然当时付出的代价不小，但却为打天下保住了资本。这正是“留得青山在，不怕没柴烧”的明智策略。

悟道

让步并不是吃亏的代名词，而是为下一个目标做准备的前奏曲。示弱是为了日后的图强而积蓄力量，忍辱是为了负重。在条件不成熟的时候，让步是有必要的，甚至需要“创造”条件地去示弱，才可以减少敌对势力，获得更多的“同情”和帮助，集中力量解决最关键的问题。

棉衣里的血书

唐代武则天专权时，为了长保帝位，先后重用了武三思、来俊臣等一批酷吏，以严刑厉法、奖励告密等手段实行高压统治。左台中丞来俊臣有恃无恐肆意捏造罪名，陷害忠良。他还大兴刑狱，专用酷刑逼供。朝中群臣畏其权势，敢怒而不敢言。

武则天还曾亲自下令在东都洛阳四门设置“匦”（意见箱），接受告密文书。对于告密者，任何官员都不得询问。告密核实后，对告密者封官赐禄；即使失实也并不受罚。如此一来，告密之风大兴，不幸被诛连者不下千万。朝野上下，人人自危。

这次，被酷吏来俊臣当做“靶子”的竟然是当朝宰相狄仁杰。来俊臣诬陷狄仁杰和任知古、魏元忠等七位大臣意欲谋反，并乘其不备将其先行逮捕入狱。遭到突然的监禁，既来不及与家里人通气，也没有机会面奏武后说明事实，狄仁杰心中不由焦急万分。况且，来俊臣手脚麻利，已上书武则天，建议下旨：这七人中，一经审问即承认犯有谋反罪行，态度较好者，可以赦免死罪。来俊臣想用这种方式来诱供。

来俊臣还假惺惺地对他们说：“识时务者为俊杰。诸位可要看清形势，如今太后在位，皇恩浩荡。你们若承认有罪，太后就会网开一面，饶过你们的死罪。如若顽固不化，可别怪本官的刑罚无情。”

过堂的日子到了。大堂上，来俊臣宣读了武则天的诏书。话音刚落，只见狄仁杰立即伏地告饶，并连连磕头地说：“罪臣该死，罪臣该死！大唐盛世，万物更新，我仍坚持做旧臣，理应受诛。”

原来，狄仁杰早就知道来俊臣心狠手辣，心想：如果被来俊臣严刑逼供的手段

弄死了，就再也没有机会澄清罪名了。不如先隐忍认罪，保住性命，再想办法伸冤昭雪。因此，他便首先承认自己有罪。

来俊臣万没想到狄仁杰来了一手“不打自招”，本来准备好来一番刑讯逼供的他顿时没了主意。但随即，来俊臣心里暗自发笑，想狄仁杰这小子真是傻得实在，让他认罪他就认。他恢复了往日狰狞的表情，左手一挥，一纸早已准备好的供词呈递上来。签字画押后，来俊臣干脆给狄仁杰判了个“谋反属实，免去死罪，听候发落”。其他六位大臣坚决不承认有罪，结果被来俊臣严刑拷打，受尽了折磨。

退堂后，狄仁杰刚要被带回牢房，坐在一旁的判官王德寿止住了两边的衙役，悄悄地对狄仁杰说：“如果你能再检举出几个人，就可以减轻自己的罪行。”

这话只得到了对方的鄙夷与唾骂，狄仁杰嗤之以鼻道：“皇天在上，后土在下，我既没有干这样的事，更与别人无关，怎能再加害他人！”说完，竟一头向大堂中央的顶柱撞去，顿时血流满面。

王德寿见状，怕来俊臣追究责任，吓得急忙上前将狄仁杰扶起，送到旁边的厢房里休息，又赶紧处理柱子上和地上的血渍。

就在这时，狄仁杰不顾血流不止，急忙从袖中抽出手绢，蘸着身上的血将自己的冤屈写在了上面。一阵奋笔疾书后，“刷”的一声，狄仁杰又将棉衣撕开，把状子藏了进去。

没过一会儿，王德寿进来了，见狄仁杰并无大碍，这才放下心来。狄仁杰突然开了口：“王大人，天气这么热了，烦劳把我的这件棉衣带出去交给我的家人。让他们将棉絮拆了洗洗，再给我送来。”王德寿哪里有那样机巧的智谋能猜出狄仁杰的心思，便答应了他的要求。

狄仁杰的儿子接到棉衣并听说父亲要他将棉絮拆洗，心中不禁琢磨起来：难道父亲是在暗示什么？对，这里面一定有文章！送走王德寿后，他急忙将棉衣拆开，看了血书，这才知道父亲遭人诬陷。几经周折后，状子终于被递到了武则天手里。

武后看了狄仁杰的血书大为惊讶，就派人把来俊臣叫来询问。来俊臣做贼心虚，一听说武后召见，自知情况不妙，就急忙把狄仁杰从监牢里放了出来，说其有话要面奏。

一见面，武则天不解地问："你既然有冤，为何又承认谋反呢？"

狄仁杰深深地叹了一口气，回答说："若不承认，老臣可能早就死于严刑酷法了。"

听了这话，武则天也深感愧疚。后又听了狄仁杰对整个事件来龙去脉的详细叙述，方知是来俊臣从中做了手脚。武则天赶忙从大殿上匆匆走下，亲自给狄仁杰松了枷锁。

此后，狄仁杰又历任朝廷要职。在为相的几年中，武则天"每屈意从之"。一直到狄仁杰病逝，都得到了武则天超乎群臣的信重，被尊称为"国老"。

炼智

狄仁杰是明智的，用主动认罪的方式希图获得昭雪的机会。如果他不懂隐忍，非要与不辨是非的酷吏们争出个黑白高低，无疑会落得人头落地的下场，并将永远不能为自己洗刷冤屈。正所谓"留得青山在，不怕没柴烧"，忍受一时的屈辱算不了什么，关键是要保存实力，不做无谓的牺牲。

悟理

在成就事业的过程中，不要犯下以卵击石的错误。如果被实力强大的竞争者击败，最好不要屡屡挑衅，自取其辱，而应将失败牢记在心，时刻激励自己积蓄力量，以获得最终的强大。

敞门纳客止诬言

中唐时期，皇都长安城内的大街小巷流传着这样一句俗语：郭府大门常打开，任凭人们自由来。

这里说的郭府，就是当朝大将郭子仪的王府。郭子仪可以说是一个权倾天下的大人物。他出将入相，曾几次挽狂澜于既倒。但是他为人却十分低调，对所有的人都十分谦逊。自从宅院落成后，每天都是府门大开，任凭人们自由地进进出出。而郭子仪特意嘱咐府中的人，不允许加以干涉。

有一次，郭子仪手下的一名军官要调到外地任职，来王府辞行。他知道郭子仪府中百无禁忌，就一直走进了内宅。眼前的这一幕却令这位军官呆住了：因为时辰尚早，郭夫人和郭女还正在梳妆打扮。而侍奉她们的并非府里的丫头用人，却正是王爷郭子仪！只见郭子仪一会儿为妻女端水，一会儿递毛巾，一个大王爷几乎成了一个仆人。在那个时代，女人侍奉男人是正常的，而如果一个男人侍候女人是会被人嘲笑的。

这位军官看在眼里，笑在心里，只是当时并没有表现出来。回到家后，他禁不住讲给他的家人听。于是一传十、十传百，没几天，整个京城的人都把这件事当成笑话来谈论。王爷出门在外是王爷，回到家里是仆人。这个大人物，一点都没有大人物的样子。

郭府上下的人不久也听到了这个传言。郭子仪并不在意什么，但他的几个儿子听了却觉得很没面子。他们相约一齐来找父亲，要他下令关起大门，像别的王府一样,不让闲杂人等出入。

郭子仪听了哈哈一笑。几个儿子看到父亲并不在意,情急之下索性跪地相求,说:“父王您功业显赫,普天下的人都尊敬您,可是您自己却不尊重自己,不管什么人,您都让他们随意进入内宅。孩儿们认为,即使商朝的贤相伊尹、汉朝的大将霍光也无法做到像您这样。”

郭子仪听了这些话,收敛了笑容,对他的儿子们语重心长地说:“我敞开门任人进出,不是为了追求浮名虚誉,而是为了自保,为了保全我们全家的性命。”

儿子们听了感到十分惊讶,忙问其中的道理。

只听一声叹息后,郭子仪说道:“你们光看到郭家显赫的声势,而没有看到这声势有转瞬即逝的危险。我爵封汾阳王,往前走,再没有更大的富贵可求了。月盈而蚀,盛极而衰,这是必然的道理。如果我们家紧闭大门,不与外面来往,摆出高高在上的姿态,那么只要有一个人与我们郭家结下仇怨,诬陷我们对朝廷怀有二心,就必然会有专门落井下石、妒害贤能的小人从中添油加醋,制造冤案。那时,我们郭家的九族老小都要死无葬身之地了。”

众人听说后无不啧啧称道。后广德二年(764年),因郭子仪功勋卓著,唐代宗要授他“尚书令”。郭子仪誓死也不肯接受,说:“臣实在不敢当,当年太宗皇帝即位前,曾担任过这个职位。后来几位先皇为了表示对太宗皇帝的尊敬,从来没有把这个官衔授给别人。皇上怎么能因为偏爱老臣而乱了祖上的规矩呢?臣才疏德浅,已累受皇恩,怎敢再受此重封?”代宗没有办法,只得另行重赏。

还有一次,一位名叫卢杞的官员来拜访他。这个卢杞当的是个无关紧要的小官,所以朝中没有人愿意搭理他,但是郭子仪不仅接待了他,而且还对他非常好。因为卢杞长得很难看,郭子仪怕家里人,尤其是那些女人见到他的样子会嘲笑他,令他尴尬,就把她们支开。卢杞对他十分感激。后来卢杞当了宰相之后,杀了很多当初的重臣后代,但是却独独没有杀郭家一个人。

郭子仪一生历经四朝皇帝,在平定安史之乱中“再造唐室,功盖天下”,被封为汾阳郡王。自秦、汉以来,“勋力之盛,无与伦比”。且“天下以其身为安危者殆(达)二十年”。郭子仪生前官至太尉、中书令,死后追赠太师,赐谥号忠武,皇帝还破例下诏将其坟墓加高一丈。自古名将不少,像郭子仪这样荣贵福寿者却不多见。

功高权重的郭子仪之所以在官场上享有崇高的威望和声誉，除了和他一生戎马倥建奇功有关,还和他低调为人有着极大的关系。以至于史称“权倾天下而朝不忌,功盖一代而主不疑”。

炼智

作为一个功勋卓著的朝臣,郭子仪具有很高的政治眼光。他深知官场险恶,自己本身就是一只“出头鸟”,为了避免遭人妒忌和迫害,就采取放低姿态的方式,把自家府门敞开,并且做出一些惹人笑谈的事情,目的就是为了弱化自己的锋芒,从而缓解别人对自己的不满,避免成为攻击对象。

悟理

木秀于林,风必摧之。低调做人,是一种智慧。在通往成功的道路上，低调往往可以避开一些没必要的麻烦，也不容易招惹他人的妒恨。而锋芒毕露则常常会引起别人的反感,甚至成为众矢之的。

因此,我们在坚守自己志向的同时,要善于隐忍,多注意待人处世的方法和态度。凡事讲求“花宜半开,酒宜微醉”;低调做人既不是卑微怯懦更不是无能,收敛锋芒不失为一种智慧的处世态度。

廉价换来的“贵重物”

宋太祖赵匡胤“陈桥兵变”后夺得帝位。可以说唐末五代的数十年间，每至改朝换代，这些被军将们拥立的“新君”没有一人能够阻止部下趁乱剽掠。而赵匡胤的陈桥兵变可以说是脉脉温情的政变，“入城之日，市不易肆”。当时，在“陈桥兵变”中拥立赵匡胤称帝的禁军将领石守信、王审琦等人，都是赵匡胤的亲信，在军队中有很大的势力。

后来，赵匡胤任用赵普为枢密直学士，凡国家大事都与他商量。赵普出身小吏，精通吏道，又在节度使幕府做幕僚达十余年之久，看过后晋石敬瑭的开国功臣刘知远、后汉刘知远的佐命功臣郭威在新朝建立后久握兵权、养成势力而夺得政权的历史戏。同时，作为文官来说，他也不愿意看到武将权力的膨胀和持久。

赵匡胤曾问赵普说：“唐末以来，几十年换了若干姓皇帝，天下不安，这到底是为什么？要使国家长治久安，卿又有何良策？”

赵普回答说：“天下不安的原因是将权重而君权轻。欲长治久安，就要夺其权，收其兵，控其钱谷……”其核心内容就是要求解除石守信等人的军权。

话到此处，赵匡胤一挥手，便止住了赵普。正所谓心有灵犀一点通，太祖心里也正想如此。前车之鉴仿佛就在眼前：中唐之际，各地节度使拥兵自重，朝廷尾大不掉，致使藩镇割据。五代时，各国中央禁军的实力大增，藩镇势力变弱，但政权为禁军把持，原来“兵骄逐帅，帅骄叛上”的局面发展成“废置天子，变易朝廷”。

而宋太祖本人“黄袍加身”便属禁军卖主求荣，他就是靠军权发家的，又岂能对禁军没有防范？不过，这些与他结成义社兄弟的禁军统帅都“昔常比肩，义同骨肉”。最后，赵匡胤思考的结果，仍然不是采取“兔死狗烹”的铁血手段，而是打出了一手温和的“杯酒”牌。

建隆二年（961年）七月的一天傍晚，赵匡胤准备了丰盛的筵席，特邀石守信、王审琦等人前来宴饮。酒兴正浓的时候，赵匡胤突然屏退侍从，故意叹了一口气，感慨道：“我若不是靠着诸位的出力，是到不了今天这个地位的，为此我从内心念及你们的功德。但做皇帝也难啊！反倒不如做个节度使快活。自从当了皇帝，我没有一个晚上睡得安稳……”

众将都很不解，惶惶地问道：“皇上，为什么会这样？”赵匡胤说：“其实不难理解，皇帝这个位置，谁不想当呢？”

石守信等人不明就里，急忙追问：“皇上为何这样说呢？现在天下已定，谁还敢有异心图谋不轨，自取灭亡呢？”

赵匡胤冷冷一笑说：“你们几位当然不会。但是，假如你们的部下想要富贵，硬要把黄袍加在你们身上，逼你们造反，就像你们当初对我那样，那恐怕就由不得你们了吧！”

一席话，软中带硬，让石守信等人深感已受到猜疑，弄不好还会引来杀身之祸。一时惊恐万分，慌忙起身叩头，说：“臣等愚昧，不曾想到这么远，还望皇上看在多年追随的情份上，给我们指一条生路吧。”

赵匡胤满心欢喜，嘴上却只是缓一缓口气说道：“唉，人生短促，不如及时行乐。我是没有办法了，生就一世受苦的命。可你们还来得及，你们也算是功成名就了，不如放下兵权，到地方上去。多置些良田美宅，再买些歌儿舞女，日日饮酒相欢，以终天年。这样既可以使子孙后代无贫乏之忧，又可以使君臣之间无猜忌之疑，上下相安，该有多好啊！”

石守信等人见宋太祖已把话讲得明白，再无回旋余地，也不管情愿与否，都只好下跪谢恩说：“皇上关心臣等到这个程度，真是生死骨肉之情啊！我们还有什么好说的呢？”

第二天，石守信等人便上表声称自己有病，纷纷要求解除兵权，赵匡胤欣然同意，让他们罢去禁军职务，一律出守外地任节度使。而当时地方的军权都归各州统辖，节度使不过是无权的虚衔罢了。至此，宋朝统一的政治局面得以巩固，大大加强了宋朝中央集权制度的成熟。

“杯酒释兵权”标志着唐末以来武人干政的结束，开创了宋代文治靖国的格局，建立了一种较为文明和理性的治国原则，并最终形成“未尝轻杀臣下”、“不以文字罪人”、“不杀士大夫及上书言事人”等政治传统。后来不唯中央，即便边藩，宋朝也多以文臣主军政，开国家启运立基之机。

炼智

赵匡胤当年操纵了“陈桥兵变”后，接着要过桥抽板，却又不想学汉高祖那样“兔死狗烹”，落得个残害忠良的恶名。于是便导演了这一出著名的“杯酒释兵权”的滑稽戏。酒席之间，觥筹交错，即收权于一人之手；防微杜渐，消除隐患，可谓先发制人。

这就是赵匡胤的高明之处：虽然同是翻脸不认人的手段，但却让编撰史书者笔下留情，成就其一代英主之名。可见，处事方式不同，得到的效果则会有很大区别。作为“唐宗宋祖”的宋祖，赵匡胤的确算得上是一个老谋深算的奸雄！

悟道

在人际关系中，即使是好朋友之间，也会因为各自所处的位置差异不可避免地产生一些矛盾。我们要学会通过和平的方式解决利益冲突，化解纠纷。

皇帝“演戏”除阉党

明朝天启七年(1627年)八月二十二，天启皇帝驾崩。根据遗诏，天启皇帝死后的第三天，信王朱由检登基，改元崇祯。爱做木匠活的天启帝突然撒手归西，竟然使朱由检在毫无思想准备的情况下匆匆登上了皇帝的宝座。

虽然崇祯帝即位时还不足18岁，但是这位“少年天子”不可小视，因为他比哥哥天启帝、父亲泰昌帝要强得多。据记载，朱由检入宫时的情景完全可以用小心翼翼来形容，为了防止自己像父亲朱常洛那样不明不白地死去，在入宫时他竟然自己带着干粮和饮用水。即便是到了晚上，朱由检也不敢轻易入睡。

当时，太监魏忠贤内外勾结、专权枉法，把持了朝廷政治。他自己以司礼监秉笔太监统领“特务机构”东厂，又封其亲信田尔耕为锦衣卫提督，崔呈秀为兵部尚书。朝廷内外自内阁、六部乃至四方总督、巡抚，遍布魏忠贤的党羽。

对于这一切，新天子能甘心顺从吗？他还能容忍魏忠贤之流继续一手遮天吗？因为新天子在许多问题上不动声色，所以群臣暂时还找不到答案：以魏忠贤为首的阉党集团仍然心存一丝侥幸；而他们的对手，似乎看到了一点朦胧的希望；当然，更多的人还在拭目以待！此刻，这位新天子的心里到底在盘算些什么呢？那只有他自己清楚了。

在接任皇帝职位之前，心思缜密的崇祯非常清楚自己所面临的政治局面。无论在宫内宫外，魏忠贤都为自己编织了一面巨大的网。与前朝皇帝大不一样的是，崇祯对朝政事必躬亲，每件事情都认认真真地处理。这时，一些无耻的臣工上疏为魏忠贤大唱颂歌，崇祯批阅这些奏疏的时候，总是“且阅且笑”。同时，崇祯还像皇兄天启一样非常器重魏忠贤等人，该赏赐的照样赏赐，该荫官的照样荫官，绝不吝啬。自然，崇祯帝心中明白，这一切早晚都会收回来的。

两人的“磨合期”过得过于融洽，最后，就连魏忠贤也感到有点不对劲。九月初一，魏忠贤终于沉不住气了，便来了一个以退为进，假意提出辞去“东厂提督”一职，以试探崇祯的态度。奇怪的是，崇祯非但没有批准，反而好言相劝，命他安心任职。所以，魏忠贤这一招就像打在棉花上，没有发出力来。

对于“九千岁”魏忠贤这位已故皇兄的宠臣，当今的天子朱由检怀着极度的厌恶。终于，崇祯的“除阉计划”开始了。魏忠贤之所以能权倾朝野有一个基本前提，就是有皇帝的支持。明代宦官掌权与唐代不同的是，没有军权，更不操废立大权，崇祯先是铲除魏忠贤的党羽。

崇祯把矛头首先指向兵部尚书崔呈秀，因为他不仅位高权重，手握兵权，而且一直是魏忠贤最得力的助手。十月初，崇祯利用阉党的内部矛盾，迫使他辞职。崔呈秀的垮台，既斩断了魏忠贤的一条臂膀，又发出了一个政治信号——魏忠贤快要完蛋了。

这期间，崇祯对地方官员请求为魏忠贤建生祠的奏疏，基本采取了不置可否的态度。但是他把枪口对准了上书主张在国子监西侧建魏忠贤生祠的监生陆万龄，实际上制止了这种对魏忠贤的个人崇拜。然后，崇祯又在毫无征兆的情况下突然将先帝的乳母、魏忠贤的对食客氏很礼貌地“请”出了皇宫。

于是，许多官员闻风而动，攻击的矛头也开始直指魏忠贤。这位老太监心中也难免恐慌，急忙跑到崇祯帝面前，连呼冤枉，痛哭流涕。想当初，天启朝时被上疏弹劾，魏阉就是用痛哭流涕的方法博得了天启的同情和支持，从而反败为胜的。不过，这一次他却失算了：崇祯似乎根本不相信他的眼泪，反而让人当场宣读了弹劾奏疏，还要魏忠贤洗耳恭听。

魏忠贤哪里受得了这种“羞辱”，立即称病辞职。本想以“病”为托词，以退为进，躲过这个风头。没想到，崇祯竟然来了一个“将计就计”，命他去白虎殿为天启皇帝守灵。

这时，魏忠贤就像一个输红了眼的“赌徒”，一连几次上疏，请求辞去爵位、诰券、田宅。万没想到的是，崇祯来了一个“顺水推舟”，竟然全部批准，并乘机对朝廷的人事安排进行了调整。

这一次，魏忠贤是彻底失算了！对于大势已去的这条“落水狗”，许多人便赶来痛打。于是，讨伐魏阉的奏章就像雪片一样飞进皇宫，送到崇祯皇帝的御案上。而这也正是崇祯帝要的效果！见“总清算”的时机已经成熟，崇祯皇帝公开宣布了魏忠贤的罪行。

结果，魏忠贤被发配到凤阳祖陵，家产也全部被查抄。没几天，老太监便不忍劳顿，畏罪自缢，到地下追随天启皇帝去了。

接着，崇祯又大张旗鼓地清洗了魏忠贤的党羽，将他的侄子、侄孙等人处死。至此，以魏忠贤为首的一批阉党被清除。只可惜，崇祯帝没有就此励志朝政，反而又重用了另一批宦官，致使宦官权力日益膨胀，统治集团矛盾日益加剧。虽然事后不断反省，四下罪己诏，但终究也没有挽救大明王朝于危亡。

炼智

不能不说，崇祯皇帝具有很高的表演才能。他的“深藏不露”让整个局势转危为安，主动权逐渐收为己有。拿出来表演的，不过是为了愚人耳目，真功夫却不可告人。或者装痴，或者装弱，宗旨只有一个，那就是掩藏真实目的；要求也只有一个，即逼真，使旁观者深信不疑。“少年天子”最后成功地除灭阉党。

悟理

自助者，天助也。不论做什么事情，都要对自己有信心，沉着冷静。只有冷静地面对困难，才能想出适当的解决办法。

小库布的大作用

康熙元年(1662年),仅仅八岁的爱新觉罗·玄烨继位,史称康熙大帝。他从小熟读经史,聪明过人,胸怀大志。本来,按照大清国的传统制度,皇帝年幼,应该由一两位宗室的亲王摄政。但由于顺治朝有了多尔衮擅权对皇权构成极大威胁的前车之鉴,英年早逝的顺治皇帝决定不依旧制,留下遗诏,令四个满族大臣:索尼、苏克撒哈、遏必隆和鳌拜四位大臣辅佐小皇帝,处理国家大事,其中索尼为首辅大臣。

待康熙14岁亲政时,四辅政之首索尼已经去世。势力最强的鳌拜则百般设计陷害其他两位辅臣,最终他不顾皇帝威严,将辅臣苏克萨哈处以绞刑,并诛其宗族。苏克萨哈的被杀,使鳌拜与康熙之间的矛盾急剧上升。至此,康熙下决心整顿朝政,首先就是要除掉鳌拜。

要说这鳌拜也算得上一位勇士。他自幼跟随清太宗皇太极出征打仗,有万夫不挡之勇,出生入死,屡建战功,皇太极亲切地称他是大清的"巴图鲁"(勇士)。此人力大无穷,曾经在正阳门下,一箭命中门楣,十几个侍卫竟然拔不下这支箭。

康熙要除掉这么个爷爷辈儿的老臣,决心好下,出手却困难。鳌拜不仅掌握着兵权,而且身为三朝老臣的他不断扩大自己的势力,专横地把持着朝政,根本不把皇帝放在眼里。要想拔除这个根深蒂固的毒瘤,不用巧计实难办到。

当时,皇宫中除了太监宫女外,还有一大批侍卫轮流进宫保卫皇帝,被称之为"库布"。康熙便由此想出了一条计策。他在那些少年库布中挑选出一群体壮力大的留在宫内,叫他们天天练习扑击、摔跤等拳脚功夫。空闲时,康熙还常常亲自督促他们练功、比武。

这天，鳌拜进宫奏事，正赶上皇帝在观看少年侍卫练武。只见百十来人正在捉对演习，皇帝还在场外指指点点。见鳌拜来了，康熙故意起身走进场去，笑着夸奖这个勇敢，奚落那个功夫不行。等到鳌拜走近，他摆摆手说："今天玩得痛快，有事先不要说，等我一会儿再去见你。"

鳌拜连忙说："皇上，外庭有要事奏告。皇上下次再玩吧。"

康熙借此机会故意向鳌拜挑战："久闻鳌少保武功盖世，今日可否和朕亲选的侍卫过上几招？"

鳌拜哪里经得起如此激将，轻蔑地认为这是小皇帝的不自量力。遂展开拳脚，左右开弓，三下五除二便把百十个小库布打倒在地。这更加让鳌拜感到自己的不可一世，对康熙说："皇上，跟我议事去吧！"康熙这才跟在鳌拜身后进殿去了。

后来看见皇帝玩的次数多了，鳌拜以为这是皇帝年少好玩，也就不放在心上，反而暗暗高兴，觉得自己更有机会独断专行了。

过了一段时间，康熙的手下索额图见小侍卫们训练得技艺高超，擒拿鳌拜已不成问题，便向康熙帝提出动手行动的建议。康熙帝借向太后请安的机会，向太后请求逮捕鳌拜。为了万无一失，太后让康熙帝在实施行动之前，先将鳌拜的一些亲信死党以各种名义逐步派调出京，再擒拿鳌拜本人。

康熙帝遵照太皇太后的主意，与索额图商议之后，分别将鳌拜的胞弟巴哈、亲侄苏尔玛、姻党理藩院侍郎绰克托、工部尚书都统济世等人，先后派往察哈尔、科尔沁、苏尼特及福建等地。为了不使鳌拜生疑，康熙没有调动他儿子的职务。

康熙八年(1669年)六月十四，是鳌拜照例要进武英殿奏事的日子。一大早，康熙就对众侍卫数落了鳌拜的种种罪恶，要他们在鳌拜觐见时，当场擒拿。而鳌拜如往常一样丝毫没有防备，骑着马大摇大摆地就来了。

入朝前，正是索额图把守朝门，见到鳌拜身带武器，便说："鳌少保，皇上都亲政两年了，再带武器上朝也不合规矩。"鳌拜一想也是，就把武器给了索额图。

由于鳌拜是辅政大臣，面见皇上后是可以赐座的。于是，康熙便命人在椅子上做了手脚：把椅子的一条腿锯短了一截，再用胶粘上，这样坐在上面就不那么稳定了。

鳌拜觐见后，一个小库布端来茶水。实际上，茶杯是刚被滚烫的开水浸泡过的，而茶托却是凉的。鳌拜一拿茶托不要紧，他打开茶盖一下子被烫到了手，不禁摇晃了一下身体。这时，那个本来就被锯折了的椅子腿就断了。

说时迟那时快，给鳌拜递茶的库布是康熙特意安排的武功最好的武士，只见他一跃而起，忽地就把鳌拜摁倒在地。这时，康熙的一声“把鳌拜拿下！”，两边数百名少年库布一齐向鳌拜猛扑过去，有的抱腰，有的扯腿，有的拧胳膊，瞬时间扭打成一团。鳌拜原是个武将，虽然力大无比，又有武艺，但毕竟年纪大了，手脚已不灵便；同时由于来得突然，还以为是有人想捉弄他而疏于抵抗，不一会儿就被众少年掀翻在地，捆缚起来。

康熙立即下令，命众臣调查和议定鳌拜的罪行。朝廷上下无一不痛恨这个横行霸道的篡逆之辈，仅用了十天的时间，便向康熙呈上鳌拜30条大罪，奏请皇上将其处死。康熙念其过去有功于朝廷，便免了鳌拜的死罪，将其革职后长期拘禁起来。

经过这一番动荡的整顿，朝廷上正直的官吏得以出头，骄横跋扈的大臣再也不敢放肆了。在朝政初步清明以后，康熙便着手处理国家大事，使清王朝一步步强盛起来，终至“康熙盛世”之巅。

炼智

年仅14岁的康熙面对内忧外困的局面时，就能清醒地认识到“攘外必先安内”——而“安内”的首要任务就是除掉鳌拜，掌握实权，然后才能再作他图。

在处理如此复杂的问题时，少年康熙部署周密、沉着机智，无一不显露出其胸怀谋略、临机果决的政治家风范。也正是因为有这样非凡的谋略和气魄，才开创了

悟理

正所谓“攻其不备，出其不意”，在对手尚未有所准备之时抢占先机，才能达到以奇制胜的效果。另外，从反面而观，也说明了骄兵必败的道理。人生亦是如此，过于自负而轻视对手，则会让自身的优势消失殆尽。

秉承“熬”字诀，化解清“三藩”

顺治初年，因东南沿海及两广、云贵地区抗清斗争屡禁不止，汉官名将吴三桂受命以平西王身份镇守云、贵，尚可喜以平南王身份管理广东，耿精忠以靖南王身份统辖福建，当时并称“三藩”。

就大清王朝而言，之所以任用汉人吴三桂，是为了消灭大顺政权余部和南明王朝余部，也是为了建立大清王朝对全国巩固的统治。为了这个目的，大清王朝的八旗兵和吴三桂等人的绿营兵，经过十多年的奋战，才将这些残余武装逐一消灭。

东南地方安定下来后，鉴于长治久安的考虑，顺治帝采用缓兵之计，没有立即允准三藩自请引退的要求。但随着三藩在地方存续时间的延长，难免拥兵自重。渐渐地，便形成了一股与中央抗衡的强大力量。而且三藩的财政开支也已成为清朝国库的巨大负担。

因此，康熙皇帝在亲政之初就把“撤藩”列为头等大事，时刻思虑时机与办法。

康熙十二年(1673年)四月二十八，已经看出朝廷意图的平南王尚可喜接受了手下谋士的建议，决定急流勇退，回辽东养老。

这个时候康熙皇帝见尚可喜自请撤藩，真是求之不得，马上顺水推舟表示同意。同时，拒绝了让尚可喜之子承袭藩位的要求。无奈之下的尚可喜只得服从。

得知消息后，吴三桂非常震惊。经过反复思忖，吴三桂自以为势大功高，朝廷不会撤去其位，于是，同年八月十四，吴三桂怀着试探的心情，给康熙皇帝上了自请撤藩的奏疏。与此同时，耿精忠也给朝廷上了一份撤藩奏疏。

康熙帝一概批准撤藩的奏疏。这让本非真心实意的吴三桂大为震惊和气恼。

吴三桂原先还想朝廷会拒绝他的撤藩请求，会挽留他。事实上，正如吴三桂所预料的那样，多数廷臣是不同意撤吴藩的，不料康熙皇帝却同意了，这是他始料未及的。历史又一次让他选择，是老老实实按照朝廷安排，到关外做一个空头王爷，还是再次抗拒朝命，举起反叛的大旗？吴三桂选择了后者。

于当年十一月，吴三桂杀死云南巡抚朱国治，逼死云贵总督甘文焜，同时扣留了康熙的使臣折尔肯等，正式起兵反清。为了笼络民心，吴三桂打起了为大明王朝报仇雪恨的旗号，换上明朝将军的盔甲。消息至京后，清廷上下一片震动。

吴三桂的叛乱早在康熙的意料之中。他很快就冷静下来，着手从容应对。首先杀死在京的吴三桂之子，以坚定削藩抗吴的决心，同时增派八旗精锐前往咽喉要地荆州司守，并通知广州与福州，两藩停撤，以孤立吴三桂。另一方面，将散处各地的原属吴三桂的官员一律赦免，以利大局稳定。

当吴三桂挥军北进时，由于清政府在军事上并没有充分的准备，使叛军进兵速度很快。面对复杂的形势，康熙帝处乱不惊，准备用“熬”来瓦解强劲的对手。因为他深知吴三桂年事已高，又后继无人，只要“熬”下去，吴三桂的势力必然会土崩瓦解。

康熙十三年(1674年)起，吴三桂建国号“周”，自己改称周王。四月，吴三桂的军队又迅速占领了湖南、湖北、四川、广西全境。吴三桂起兵三个月，便拥有云、贵、川、湘、桂五省，声势震动全国！

与此同时，靖南王耿精忠在福建宣布与清朝脱离关系。耿精忠与吴三桂约定，他主攻江西、浙江。这样耿精忠的反叛，减轻了吴军的压力，形势对吴军有利。

康熙十四年(1675年)一月，吴三桂的部下陕西提督王辅臣起兵造反，随后攻下西北重镇兰州，西北震动。

稍后不久，平南王尚之信在吴三桂的利诱下，在广东发动兵变，炮击清兵大营。

到这个时候，叛乱的三藩已经占领了云、贵、川、陕、甘、湘、粤、桂、闽、浙、赣，叛军的势力达到了顶峰。

康熙决定先解决耿精忠、王辅臣两股势力，然后再集中兵力同吴军决战。对于王辅臣，康熙认为此人虽然是第二次叛变清朝，但居心不坚；假如再度宽容，相信会招抚成功。为此他专敕慰勉，最终感化了王辅臣，使他重新归顺了朝廷。

继西北招抚成功之后，福建耿精忠也被招抚归降，致使闽、浙相继平定。康熙十六年（1677年）四月，后叛的尚之信也被招抚归降。同年六月，康熙向各地统帅、督抚部署：凡在贼中文武官员兵民，悔罪归正，前事悉赦不问，仍照常加恩。如果有擒杀贼者，投献军前，或者以城池兵马归抚者，仍论功奖赏。依此形成制度，每到战役关键时刻，这样收取人心之效不可谓不显著。

同时，康熙重用汉兵汉将，为平叛发挥了重大作用。吴三桂在失去耿、尚两藩之援后，处境孤立。匆忙于康熙十七年（1678年）三月在衡州称帝，国号大周。八月，74岁的吴三桂得病暴亡。吴三桂之孙吴世璠即位，但却根本无力统领军队，连连溃败。康熙则有条不紊地指挥，且恩威并施，劝诱叛军投降。

康熙二十年（1681年）十一月，清军终于攻克昆明城，吴世璠服毒自杀，其党羽也四散而逃。至此，这场历时八年的三藩叛乱，以吴三桂的覆灭而告终。

炼智

康熙帝苦练“熬”字诀，这场叛乱危机才得以化解。在这场生死攸关的战争中，年仅20岁的康熙面对来势汹汹的三藩之乱，沉着冷静，制定了“熬”的应对策略，表现了政治家的一种稳健和从容的气魄，最终解决了当时清廷的头等大事。

悟理

往往有了量的积累才能带来质的巨变。在竞争中比拼到最后，已经不再单单是实力的较量，而是谁的意志力更坚强，谁最能“熬”。正所谓，能笑到最后的才是赢家。

人人自危人人信

清朝雍正皇帝即位之初，吏治废弛，贪污腐败已然成风。他克服各方面的阻力，在全国上下开展大规模的清查亏空，实行“耗羡归公”“养廉银”制度，取缔陋规等。由于他态度决断、雷厉风行，清朝的财政状况在短时间内得到明显的改善，吏治腐败的情况也有了很大的转变。

但在治政的过程中，雍正却使用了“朝臣互查”的方法，让手下的人互相监督，以此来驾驭群臣。告密，本来为君子所不耻，因为这是不正当的手段。可是在雍正麾下互相告密却是官员的常课，被视为本职工作的一部分。雍正本人则暗中安插密探，四处巡访；即使是巷尾街头的民间琐事，他也能马上知道。

上密折是特权，其内容千殊万别，上自军国政务，下至身边琐事，无所不包。雍正朝的密折不但用来陈事，还用来荐人。在雍正朝，每一个具有奏折资格的人都有权向皇帝密告自己的同僚、下级，甚至上司；同时在他监视别人的过程中，自己也被置于别人的监视中。雍正并不忌讳谈到告密，他标榜自己“朕励精图治，耳目甚广”。

有一次，雍正让广东巡抚傅泰暗中察访广东布政使王士俊。傅泰领命后，深感皇恩浩荡，为能蒙得皇上信任而欣喜不已。于是，傅泰所到之处无不尽力，所问之事无不仔细。资料收集得差不多时，便向雍正密报说：“王士俊很能干，办事勤勉快捷，担任藩司的职务十分称职。但是，从他的言行来看，似乎有得意骄横的迹象。”

雍正对这样不偏不倚的调查结论表示满意。一番夸奖后，傅泰简直觉得受宠若惊，不禁飘飘然。只是，他万没有想到的是，自己也在被调查的范围内。

原来，就在让傅泰察访王士俊的同时，雍正又暗中叫人去监视傅泰，而被“委以重任”的人正是王士俊。有一次，他在王士俊送来的报告上批道：“傅泰向来自以为是，你认为是这样吗？他这个人的品行如何？心里面有什么志向？办事的才干怎么样？领导下属是否能做到公私分明？如此种种，你都要秉公如实地向我报告。”

没过几天，雍正就收到了王士俊的密奏，可他哪里知道自己也正在受到“调查对象”的监视。在给雍正的报告中，王士俊说：“傅泰心里没有主见，对事情不置可否。偶尔发表意见，也是平平常常。据说他在办理广东海关陈炳文、范九锡、潘栋、高维新和柳大本五人的事件时，向每人收取了300两白银。我不敢说傅泰的品行是廉洁的。”

两份奏折同时拿在手里，雍正心里便感到踏实了许多。

广州提督王绍绪系宠臣鄂尔泰所荐，雍正也曾予以“明敏稳妥”的考语，但他疑惑王绍绪“偏于养柔，恐不能克胜现任”，因此命广州将军石礼哈“留心探听，便中据实奏闻”。石礼哈对王绍绪不错，说他：“念念不忘圣恩，志洁行清，勤于办事”。雍正仍不放心，再向两广总督孔毓徇、署理广东巡抚傅泰调查，直到再一次证实王绍绪操守极好，这才罢休。为了一名提督的任用，他不惜劳动众人。

还有一次，雍正在早朝上询问新科状元王云锦昨天都干了什么事。王云锦如实说了。雍正笑着说：“不说谎话，是真正的状元。”说完，他从袖子中抽出了一张纸牌交给王云锦。

看着这张纸牌，王云锦顿时出了一身冷汗。原来，昨天上早朝回来后，他就同亲戚朋友玩了很长时间纸牌，最后发现有一张纸牌不见了。而这张牌，现在竟然在皇帝手中！

雍正不仅知道他都是跟谁在打牌，甚至还知道一个被引见的官员刚买了一顶新帽子。堂堂一国之君，对区区一个小状元的日常起居竟了解到如此细微之处，不能不让人除了感叹无微不至的“关怀”外，还后怕于对自己的言谈举止的把控。

雍正还曾派遣十个御前侍卫到川陕总督年羹尧处学习军事。这些侍卫既有了解该地官民情况的职责，同时身负监视封疆大吏行止的密务，应该随时随地向皇帝密报年羹尧的表现。不曾料他们被年羹尧恩威并重收买下来，没有发挥到应有的作用。

雍正的这些做法，使文武百官个个都以为自己是皇上的亲信，但却又知道人人都处在皇上的监视之下。大臣们的一举一动，全在雍正的掌握之中，因此，满朝上下都担心祸及自身，为人处事都格外小心谨慎。虽然这种互相监视、告密的不光彩制度被很多正人君子所非议，但无疑这一手段加强了雍正对朝臣的控制。

炼智

就统治而言，雍正使用的是“从旁掣肘”的智谋，即让某人去办事，又让另外的人去对他进行监视和控制。犹如让狗去打猎，既要放它去抓获猎物，又要把握住在它脖子上套着的那根绳子，以免它偷吃猎物或者跑掉。

真正明智的统治应该是以权力制约权力，而不是以人制约人。以权力制约权力，才有规则可言，在规则面前人人平等。以人制约人，将导致随心所欲，而人心又是最险恶而不可预料的东西。以它为尺度，势必形成无规则可依，无法度可循的局面。所谓“苛政猛于虎”，实际上，人欲也猛于虎。

悟理

俗话说，身正不怕影子斜；若要人不知除非己莫为。一个人，如果在无人监督的情况下，或者独处时仍能谨慎自律，严格要求自己，这才是真正的品格高尚。

懿贵妃先人一筹夺政权

道光皇帝应该可以算是一个比较称职的皇帝，他不但厉行节俭，而且具有一定的改革精神。他进行了一些小的改革，如漕粮海运、票盐法以及取消封矿政策等。此外，他还整顿吏治，处理了一大批贪污官员。可他在位期间，大清帝国的国势正无可避免地逐渐走向衰败。

咸丰登上皇位时，年方二十，可谓风华正茂、意气风发。可是他很不走运地要应付父亲给自己留下的一副烂摊子。咸丰先后经历了太平军起义、英法入侵等"大惊喜"，做了11年皇帝，几乎没有一天是清净的，耳边总是那些内外交困的声音，桌上永远都是各地奏上来的坏消息。

咸丰十一年（1861年），咸丰因英法联军攻进北京城而抱病逃到热河避暑山庄（今河北承德），连气带惊，体染沉疴，自知不久于人世，便着急起承嗣问题。正宫娘娘贞治皇后无子，懿贵妃（即后来的慈禧太后）倒有个儿子叫载淳，年已十五。

且说懿贵妃其人，虽聪明伶俐、善解人意，但却总让咸丰帝倍感惶恐：一个女人，过分热衷朝政，野心时露。倘若她一旦母凭子贵，甚至像历史上的武则天那样，那整个大清江山不就是叶赫那拉家族的了吗？

想到这儿，咸丰不禁寒气逼身。他咬牙决定，向皇后交待后事：先将懿贵妃赐死，然后再封载淳为太子。可哪里想到贞治皇后是仁慈之辈，坚决不同意此事。咸丰只好退而求其次，写下一道诏书，交给皇后。若日后懿贵妃一旦凭载淳的关系把持朝政，就在朝廷上当众宣读诏书，将其处死。而后，又召来肃顺等"八大臣"，再三叮嘱他们尽心辅佐幼帝，并以监国重任相托，谨防懿贵妃造反。

这年8月，咸丰帝撒手人寰。在咸丰驾崩后，当时的政治势力主要分为两派，一派是以肃顺为中心的“八大臣”等人，他们当时主要在热河；另一派是以恭亲王奕䜣为核心的北京派。由于肃顺平时人缘不好，树敌太多，北京的大臣几乎都倒向了奕䜣一派。而且，肃顺没有实力派将领的支持，就连当时护送咸丰帝灵柩的胜保也反对肃顺。但他们当时没有意识到这种风险。

“八大臣”早就对懿贵妃代咸丰批改奏章之事心怀不满，又有先帝遗诏在手，不禁心中窃喜，更想及早置懿贵妃于死地。这时，肃顺等老臣要求与载淳扶皇柩回京，而让懿贵妃留守避暑山庄。这样，懿贵妃日后就只能在“冷宫”里呆着了。

且说在十数年宫廷生活中早已磨炼出一身政治斗术的懿贵妃，早已看透了肃顺的计谋。

肃顺与懿贵妃本来就有矛盾，咸丰活着的时候肃顺就经常劝他除掉懿贵妃，以免将来她把持朝政。但皇帝一直没有表态，肃顺也不敢对懿贵妃怎么样。皇帝死后，肃顺对这对孤儿寡母更加不以为然，在他的眼里，懿贵妃只是个盖章的机器而已。

但是，他太轻视懿贵妃这个宫廷女强人了。多年的宫廷斗争经验告诉懿贵妃：先下手为强，该出手时就出手。于是略施伎俩，用眼泪骗得了皇后的同情，传懿旨让她随柩进宫。肃顺等计议，商量可在路上相机行事，杀死懿贵妃。

其实，懿贵妃已经秘密派人联系留在北京处理事务的奕䜣，邀他一起发动政变。此时的奕䜣正在因为自己被排除在帝国权利中心之外而愤怒不已，得到这个消息之后自然欣然应允。

这边柩车刚上路，远处就迎来了一队人马。得近一看，原来是懿贵妃的亲信荣禄，以保护皇子之名带兵前来。而这也是懿贵妃的先谋之计，她对肃顺等人准备在路上动手的行动早有防范，提前派人进京调遣亲信带兵接应。一路上，荣禄的兵马日夜守在懿贵妃身边，使肃顺很难下手。

肃顺见一计不成，又生一计：他暗中传令亲信们让柩车慢行，而他与几位老臣则策马当先，向京城奔去，试图抢先进京控制兵权，等懿贵妃一到就抓起来定罪。

柩车突然慢了下来，这让生性敏感的懿贵妃横生疑虑。于是派人去打听，又不见肃顺等人踪影，便料定他们要提前进京去做手脚。懿贵妃便和皇后商量，让两个宫女打扮成她们的模样坐在帐车中；而自己同皇后、载淳扮成百姓模样，昼夜兼程直奔京城。

刚一进城，皇后就召集众臣，亮出传国玉玺，宣读皇上遗诏，扶太子载淳为皇帝。而懿贵妃则迫不及待地召见了恭亲王奕䜣和军机大臣文祥等。第二天一早，奕䜣手捧盖有玉玺和先帝两枚印章的圣旨，宣布解除了肃顺等人的职务，当场逮捕了载垣、端华；又命令将景寿、杜翰等其余"八大臣"撤职查办，严加看管。最后，秘派醇郡王在京郊密云逮捕了护送梓宫回京的肃顺。整个政变，从计划到实施只用了三天时间。

几天后，懿贵妃便发布上谕，以"八大臣"不能尽心和议……以致失信于各国"为主要罪状，下令将肃顺斩首；让载垣、端华自裁；另外五大臣则被革职或充军。接着，又加封恭亲王奕䜣为议政王大臣、军机大臣领班，废除"八大臣"原拟的祺祥年号，改来年(1862年)为同治元年；东、西两太后垂帘听政。从此，懿贵妃，也就是慈禧便作为中外反动势力勾结的产物和代表，开始了她在半封建半殖民地的中国为时47年的罪恶统治。

炼智

肃顺、载垣等人把咸丰的遗诏当做上方宝剑，从而轻视了他们眼中的"女流之辈"。直到五花大绑于刑场之上，方才悔之晚矣。这不能不说是他们的天真和幼稚。这种愚蠢的教条主义错误，最后反误了卿家性命！

懿贵妃凭她的政治警觉性，先人一步，早人一筹，处处都赶在肃顺前头，终于躲过大难，夺得了政权。这就是先下手为强的利益最大化所得。所谓先发制人，就是说先动手就能制服对方；反之，后动手就要被对方制服。正如《兵经百字》中对"先"的解释一样："兵有先天，有先机，有先手，有先声……先为最，先天之用尤为最，能用先者，能用全经矣。"

悟理

机遇永远只青睐那些有准备的人。很多时候，机会稍纵即逝。因此，凡事不但不能轻视准备，而且要随机应变，万不可被教条主义束缚了手脚。

在竞争中，永远不要轻视你的对手。因为，优势不等于胜势，不到最后，谁也不知道结果如何。

自裁湘军保督职

1861年，为了尽快将太平天国起义军镇压下去，在清朝正规军无能为力的情况下，清廷任命曾国藩统帅江苏、安徽、江西、浙江四省的军务。这四个省的巡抚（相当于省长）、提督（相当于省军区司令）以下的文武官员，皆归曾国藩节制。这是清代建朝以来，汉族官僚获得的最大权力。

早在1853年，在曾国藩的指挥下，湘军应运而生。这是曾氏家族一手炮制的，它与清政府的其他军队完全不同。清政府的八旗和绿营兵皆由政府编练。遇到战事，清廷便调遣将领，统兵出征；战事结束后，军权缴回。

湘军则不然，其士兵皆由各哨官亲自选募，哨官则由营官亲自选募，而营官都是曾国藩的亲朋好友、同学同乡等。由此可见，这支湘军实际上是“兵为将有”，下至士兵上至营官，所有人都绝对服从于曾国藩一人。这样一支具有浓烈封建个人隶属关系的军队，包括清政府在内的任何其他团体或个人想要调遣它，是相当困难，甚至是不可能的。

湘军成立后，即开始镇压太平天国。咸丰五年（1855年），当曾国藩率湘军攻陷武汉时，咸丰帝大为高兴，对群臣说：“想不到曾国藩一介书生，还能建此巨功大勋。”汉军机祁隽藻献谗道：“曾国藩一个在乡侍郎，只是一个独夫，一个独夫在乡里居然一呼而从者万人，恐不是国家的福份。”咸丰被他提醒，脸色突变，从此不敢给曾国藩以实权。

尽管湘军为清政府解决了太平天国这个大大的难题，但是，清政府对曾国藩始终不放心。而曾国藩，显然也意识到了这一点。因此，在镇压太平天国战争大获全胜之际，作为“第一功臣”的曾国藩并没有陶醉在胜利的喜悦和对未来仕途的狂想之中，而是迅即陷入了“大难即将临头，吾辈必须谨慎从事”的冷静的理性思考。

恰好这时，发生了一件事。曾国藩的弟弟曾国荃进了天京(今江苏南京市)城后，湘军“见人即杀，见屋即烧”、“秦淮河尸首如麻”、“子女玉帛，扫数悉入于湘军”，也就是烧杀抢掠无恶不作。这引来了左宗棠等人的联名上奏弹劾。这时，曾国藩赶紧办了三件事，化解了这次政治危机。

首先，曾国藩命人建造贡院，并于当年就举行会试，大力提拔江南才俊。然后又下令建造南京旗兵营房，请北京的闲散旗兵南来驻防，并发给全饷。最后，主动裁撤了四万湘军，以示自己并非谋取权势。

他办这三件事，目的是什么呢？第一件，可以结好江南文人，要知道，那时候通过科举之路，多少才子走向仕途，成为体制内的一员，赢得这些人的好感，曾国藩就“朝中有人好做官”了。第二件，可以交好那些吃不饱穿不暖的闲散八旗子弟，这时候八旗兵很多已经破落，请他们来好吃好喝，自然就赢得了他们的好感。而且，主动请他们驻防，也表明了自己没有不臣之心。第三件，则是向朝廷“表白心迹”，裁军自抑。

三件事一办，立即缓和了多方矛盾，原来准备弹劾他的人也都纷纷撤奏，清廷也只好到此为止不予追究了。

后来，太平天国起义被镇压下去之后，曾国藩因为作战有功，被封为毅勇侯，世袭罔替。可谓功成名就的曾国藩此时并没有春风得意，相反，却感到十分惶恐。因为他深知：当初，满清朝廷虽然下令曾国藩筹组湘军，集中力量镇压太平天国，但对他本人和湘军集团的疑虑、猜测却始终未曾削减。特别是随着湘军集团军事力量的日益强大，朝廷加紧了暗中的提防和伺机的整饬。如今战事平息下来，朝廷已经到了开始对他下手整饬的时候。

经过几番反复的思量，曾国藩毅然上折朝廷，禀明湘军成立和打仗的时间已久,“暮气已深”,主动向朝廷奏请将自己一手编练的湘军裁汰遣散。以此来向当朝皇帝表示自己毫无野心。但有一点,对于他个人的去留问题,奏折上却只字未提。

对此,他是这样和曾国荃解释的:“如果我在奏折中说要求留在朝廷效力,必将有贪权敛财之图;如在奏折中明确请求解职回归,那又会招惹多方面的猜疑:既有可能给清廷以不愿继续为朝廷效力尽忠的印象,也有可能被许多湘军将领奉为领袖而招致清廷猜忌。”

且说这时的清朝政府,正准备着手解决曾国藩的问题。如此这般拥有一支朝廷并不能调动的强大军队的人,无疑是一个巨大的危险。而这时,曾国藩却编好了借口主动地向朝廷请求裁减湘军,这正好中了清朝高层统治者们的下怀,于是朝廷也来了一个顺水推舟,下令遣散了大部分湘军。但由于这个问题是曾国藩主动提出来的,因此在对待其个人时,仍然委任他为清政府的两江总督——而这其实也正是曾国藩自己要达到的目的。

炼智

富有心计的曾国藩在外界看来功成名就之时,想的更多的不是如何欣赏自己的成绩和名利,而是担心功高招忌,恐遭狡兔死、走狗烹的厄运。

曾国藩在奏折中虽然请求遣散湘军,但对他个人的去留问题却只字不提。这是他在向朝廷表示:我曾某人无意拥军,并非图谋私利的野心家,而是忠于清廷的卫士。最终,以裁军之效保全了个人。

悟理

正所谓“木秀于林,风必摧之”,锋芒毕露的人很容易遭到别人的非议和敌视,在得意之时要保持清醒的头脑。急流勇退,不是消极地避凶就吉,而是为了养精蓄锐,待机而动,这就是韬光养晦之谋的精华所在。

隐逸青楼巧出逃

1911 年武昌起义后，蔡锷出任云南省都督，政绩多多，深受各界爱戴。蔡锷还在昆明市的云南讲武堂里集聚了一批军事人才，堪称西南地区的实力派领袖。

袁世凯自 1912 年窃据中华民国临时大总统后，其政治野心不断膨胀。他残酷镇压资产阶级革命党人，打击民主共和力量，同时篡改宪法，破坏责任内阁制，强化集权统治，朝着复辟帝制的道路疾进。时任云南督军的蔡锷对此十分不满。

袁世凯曾几欲拉拢，想把蔡锷当做自己复辟帝制的左膀右臂。因为蔡锷有留学日本的背景，袁世凯就想把蔡锷留在自己身边，为他将来投靠日本，复辟做皇帝效劳。

1913 年 9 月，袁世凯将蔡锷调来北京，出任参政院参政，授衔昭威将军，名曰“镇守”，实为软禁和监视。同时特地在蔡锷身边布下了众多密探，日夜监视或跟踪，严防其图谋反袁。

一时间，蔡锷犹如笼中之兽、匣中之剑，空有一腔爱国抱负却志不得抒，难免落落寡欢，仰天长叹。因为他早已识破了袁世凯的险恶用心，就以患过肺病，现今又患上了咽喉病，身体不佳为由，特请袁世凯准予休养一段时间再任职。但实际上，他一直在想办法逃出去。

在袁世凯面前，蔡锷也故意表现出跟他“同流合污”的样子。一天，袁世凯的一个党羽拿出一本赞成帝制的“题名录”放在蔡锷面前。对这突如其来的“考验”，蔡锷急中生智，挥笔大书“赞成”二字，俨然一副帝制拥护者的模样。

当时的蔡锷住在北京西城的棉花胡同，整日被软禁在家，倒也有几分清静悠闲。但他却时时感到如芒在背，度日如年。身后还常有袁世凯派来的暗探跟踪，让他更加窒息。为了早日逃脱袁世凯所设置的樊笼，蔡锷便决定装作意志消沉，与一班帝制派人物厮混，与他们打得火热。他还常常乔装商人去逛八大胡同，寻欢作乐。一时闹得风风雨雨，京城里几乎无人不知无人不晓。

1915 年夏天，就在八大胡同的云吉班，30 岁的蔡锷遇见了剑胆琴心的青楼侠女小凤仙。彼时，小凤仙年方二八、容貌与弹唱俱佳，二人一见如故，大有相见恨晚之感。一方面，蔡锷用自己的放浪形骸作为一种伪装，逐渐减淡袁世凯对自己的戒心。另一方面，一代名将最后的功成之举却也得到了这位大义凛然的青楼女子的帮助。

且说袁世凯一看蔡锷日日寻花问柳，夜夜声色犬马，果然是英雄难过美人关，便自然放下心来，放松了对蔡锷的戒备。渐渐地，京城里都知道到那位赫赫有名的蔡将军，最喜欢带着小凤仙在大街上闲逛了。

1915 年 11 月 11 日清晨，蔡锷如往常一样来到云吉班，小凤仙将事前已买好的华贵狐皮大氅给蔡锷穿上，还特地给蔡锷加戴了一个大口罩。而陪伴蔡锷出行的小凤仙，更是浓妆艳抹，打扮得花枝招展。她像贵妇人般地挽着蔡锷走出八大胡同，坐上马车去了大栅栏等繁华场所。就像平时那样，他们大摇大摆地进商店逛闹市，还大把花钱买下贵物或年货，一副游玩得很开心的样子。

那些跟踪盯梢的密探们见两人一如往常，也就放松了监视。随后，小凤仙便跟蔡锷双双进入琉璃厂的荣宝斋。在密室里，蔡锷快速脱棹全身装束，交给战友戴戡穿好，再由小凤仙挎着由戴戡改扮的蔡锷走出荣宝斋，乘坐等候的马车回到了八大胡同妓院里。那些监视的密探们直到次日才发觉蔡锷已经逃得无影无踪了。

就这样，在小凤仙的帮助下，蔡锷逃脱了袁世凯的掌控。随后，他先到天津，又转往上海，渡海直奔日本。再经香港、河内回到昆明，并于当年年底，组织了“护国军”，竖起讨袁大旗，起兵北伐，打响了向袁世凯政府进攻的第一枪。

1916年6月6日，袁世凯在众叛亲离、举国痛骂中死去。护国战争结束，蔡锷荣立了再造民主共和之功勋，彪炳史册。

炼智

在特殊情况下，蔡锷一面暗中与反袁力量秘密联系，一面装愚弄拙，巧妙地与敌周旋，以声东击西的方法进行伪装，麻痹敌人，以掩盖自己的真实意图。如此，“风流将军”蔡锷巧妙地逃脱袁世凯的魔掌，成功组织了护国讨袁军。

悟理

做人要懂得外圆内方，人生就像在大海中航行，时时会遇到风浪和阻力。在逆境的时候，如果自己还没有战胜困难的能力，不妨圆通一点，隐藏起自己的真实意图，坚定信念，争取转机。

“童贞女王”的婚姻外交

1533年，在英国泰晤士河畔的格林尼治普雷森希宫，一个漂亮可爱的小女婴降生了。她的母亲原是英国国王亨利八世的宫女安妮·博林。不过，这个小女婴被认为是私生女，她出生时被指定为王位继承人。在她两岁时，亨利八世就以不忠的罪名下令处死她的母亲。年幼的小女孩从小便尝尽失去母爱的凄凉。王位也因为弟弟的出生而被剥夺了。

但这个小女孩聪慧过人，受到了良好的教育，博览群书，通晓多国语言。她就是主导了英国历史上“黄金时代”的一代女王伊丽莎白一世。

1553年，亨利八世之女、伊丽莎白的异母姐姐玛丽登上了英国王位，史称玛丽一世。执政后，她摒弃了亨利八世在世时的很多政策，一度把伊丽莎白也关进伦敦塔，人称“血腥的玛丽”。

1558年，玛丽因重病去世。经历了生死磨难后的伊丽莎白因玛丽无子女而继任王位，称为伊丽莎白一世。在前去加冕经过伦敦城时，她特意停留片刻，对夹道欢迎的人群做了简短的演讲。她激动地说：“是时间把我带到这里，并承认我为女王。”

其时，这个只有25岁的姑娘凭借自身的年轻、美貌和才学，加上她头顶上的王冠，赢得了欧洲大陆许多王公贵胄的争相爱慕，他们纷纷拜倒在她的石榴裙下，渴望与她喜结良缘。

对此，伊丽莎白极其小心谨慎，将自己的想法深藏不露，从不向任何一位王公贵胄关上求婚的大门。不表态，也不拒绝，似乎刻意做到让每个求婚者都能从她的眼神中看到希望——然而，谁也把握不准这位高贵而优雅的女王到底喜欢的是谁。

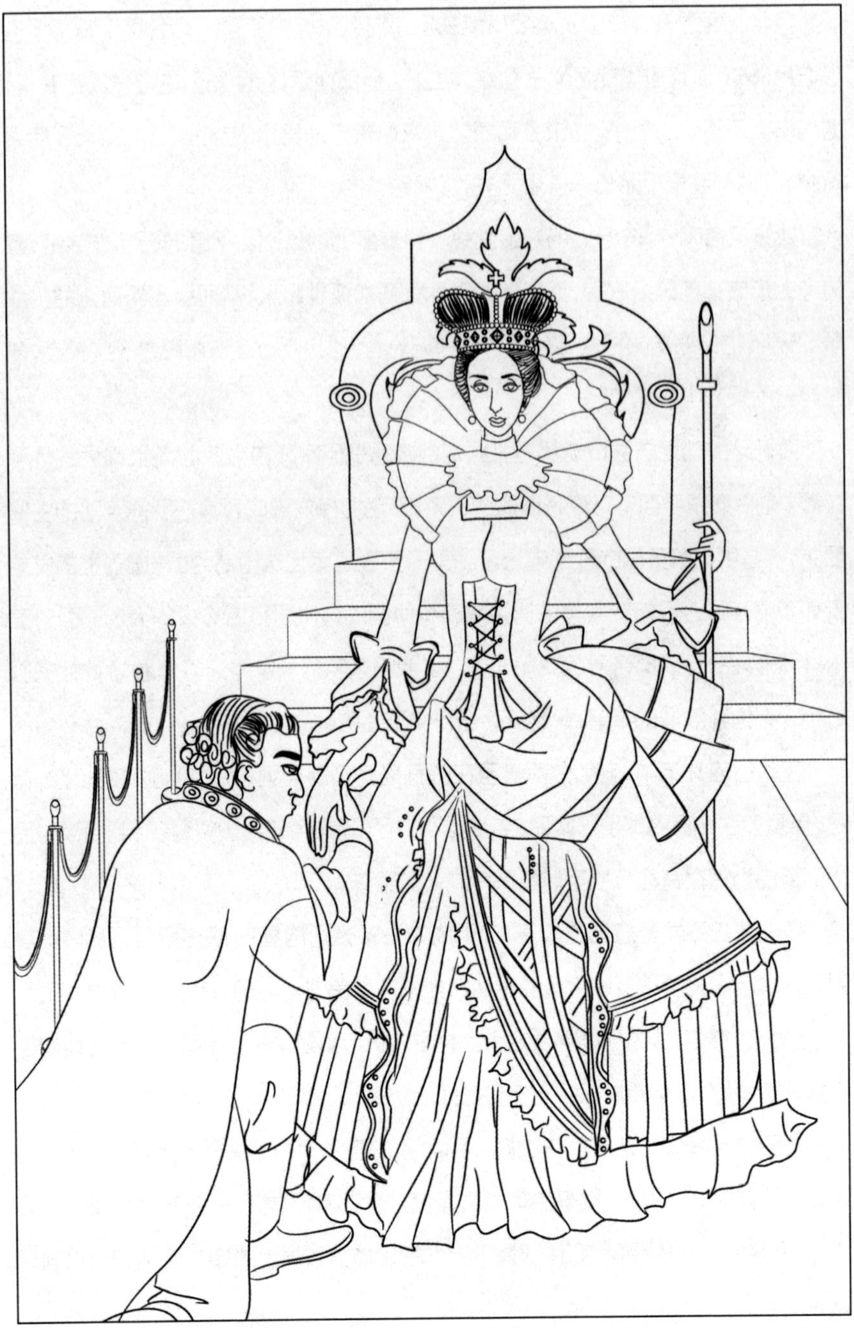

照此发展下去，英国王室很可能就没有继承皇位的子嗣。议会终于看不下去了，在1566年以代表团的名义干预她的生活。但即使这样，伊丽莎白依然我行我素，对婚事闭口不谈。后来，当议会代表团再次恳求无动于衷的女王时，她戴上了结婚戒指，并说："我已经献身于一个丈夫，这就是英国。"

她深深地明白，政治上的婚姻就是一种态度上的倾向。不管自己与谁结婚，都将马上形成一种政治联盟，而另外的人就会把她孤立起来，从而引发徒劳无益的战争。另外，结婚后丈夫将会取代妻子成为统治者，他会想方设法摆脱妻子的控制，建立自己的权力中心。

西班牙的领地法兰德斯和荷兰低地的叛乱是伊丽莎白当政时期最重大的外交议题。是否继续与西班牙保持联盟的关系，是否选择法国成为其在欧洲大陆的主要盟友，一直困扰着英国的外交政治家。后来，英国决定与法国结盟。法国国王的兄弟安茹和阿连肯公爵被社会舆论认为是最有可能成为伊丽莎白丈夫的人选。面对二人，伊丽莎白分别称"亲爱的安茹先生"和"我最亲密的朋友阿连肯公爵"。她让他们每个人都抱着殷切的希望，只是没有任何实质上的举动。

在以后的几年中，安茹公爵甚至在公开场合亲吻伊丽莎白，称呼她的昵称，但是，伊丽莎白一直周旋于这两兄弟之间。又过了几年，英法两国签订了和平条约。而伊丽莎白仍然很有礼节地与他们保持原有的距离。

伊丽莎白不发表意见的态度，让她成为一颗遥远的星星，为世人所崇拜，化身为人们心目中的女神。她每天都生活在他人的赞美之中，人们称她为"世界女王"、"贞洁处女"，甚至认为她能够决定天上星星的运行轨道。有一些胆大妄为之徒想尽办法来诱惑她，但是却从未得到任何好处。

女王曾经喜欢过林塞斯特伯爵，然而，他的妻子罗布莎突然不明不白地死去，引起朝廷议论，人们都怀疑是伯爵谋害其妻。女王清楚，如果此时同林塞斯特伯爵结婚，必定会引起臣民震惊，削弱属下对她的忠诚。政治上的审慎使她把自己封闭起来。

岁月的银发让这位老妇因年龄太大而无法生养孩子，才再没有受人纠缠。从此，伊丽莎白终于过上了清净的生活，直到1603年3月，在执政45年后悄然离世，伊丽莎白女王终身未婚。

伊丽莎白一世曾这样向她的国民表白：“我无心嫁人，因为我在举行加冕典礼时，已将结婚戒指戴与我国臣民的手指上，这表示我将与全体臣民为伴，把我的生命与贞节献给伟大的英国。”

炼智

身为英国统治者，英王伊丽莎白一世的婚姻外交谋略颇有特色：她以自己的婚姻为筹码，在欧洲大陆各国，特别是法国和西班牙这两大强国之间进行平衡。依靠不确定的婚姻寻求结盟，让每个人都抱有希望，在你来我往的竞争中为英国最大限度地谋求国家利益。

悟理

面对选择时不要急于行动，冷静旁观常常能让别人对你产生兴趣。这种看似静止的策略实则是最有力的进攻，周围人会因为对你产生了浓厚的兴趣而将你团团围住，以获得你的青睐。让自己的行为和目的一直处于不确定的状态，但永远要给人留有希望，同时又不要让对方得到完全的满足。因为人们总觉得，得不到的才是最好的。

华盛顿求人免灾

发生在18世纪的美国独立战争是一场非常艰苦的战争。为了驱赶英国的殖民统治者，美军将士英勇奋战，成就了这次以弱胜强的典型战例。参加这场独立战争的都是义务兵，整个战争期间，临时文官“政府”——大陆议会，根本没有能力提供必要的军饷和供给。大陆议会虽然向国外募款，可自身并没有收税的权力，也就没有充足的财源。结果，士兵们“有病没病都光着膀子，就连被敌人俘虏时，都光着膀子”。缺钱，造成前线士兵的冻饿和无谓死亡。

1781年约克镇大捷的消息传来，大陆议会大为振奋，待到喜气洋洋的议员们略为平静下来时，才注意到站在一旁的信使还没有拿到酬劳。当时的“国库”空空如也，议员们只好各自掏出腰包，给信使凑齐了路费。事后，大陆议会苦恼地向各州要钱，但筹款信发出，却杳如黄鹤。

战争胜利后，华盛顿将军代表这些打下美国的军人，和国会商定，解散军队，给复员军人再发五年军饷。为了表彰军队的功绩，国会也对军队做出了诸多奖励的承诺。然而，善后工作的进展却异常缓慢，几乎没有一项承诺得以兑现。因为老问题没有解决，大陆议会的财务状况并没有改善。

军人们一看，自己出生入死打下政权，却让一群养尊处优的文官给管着，居然还要不下钱来，气自然不打一处来。再加上军官们对文官政府的不满和愤怒由来已久，越来越多的军人感到自己受到了冷落，情绪愈发激动，准备在国会前举行游行。

游行的请求送到了当时美国最高指挥官华盛顿手中，他们希望华盛顿将军领着大家去要钱。结果华盛顿坚决反对这个行动，并告知他们这是一种叛国行为。这无疑更加激怒了那些固执的军官，他们召开了一个会议，准备谋划一次叛乱行动。

一些军官计划自己带兵进军大陆议会，要不下钱来就把议员们赶走。好在，这次叛乱尚在谋划之中时便被国会的情报人员得知，并在第一时间汇报给华盛顿。此时，华盛顿深深地意识到局势的危急：如果军官们在会议上达成了一致，那么刚刚建立起来的美国政权很可能就会因此夭折。

于是，华盛顿特意以“战后总结”的名义召开了一次会议，准备在会上用他独具魅力的演讲来劝阻他们。面对着革命战争中的诸多英雄，华盛顿晓之以理动之以情，他讲到人民过去饱受殖民者之苦，讲到他们为什么要投身革命，讲到他们为何而战。

但是，一个多小时过去了，在华盛顿看来语重心长的讲话不但没有起效，反而让台下的气氛变得愈发躁动不安。原因其实很简单，国会承诺给军官们的太多，却无一兑现，让他们觉得自己是被欺骗了。那么这次，华盛顿的话也同样不能再让他们相信了。

此时，华盛顿几乎也快要无计可施了。他看到自己无法劝服军官们，便突然止住了长篇大论。只见他把手伸进裤兜里，掏出了一副眼镜。在此之前的很长时间里，人们从来没有见过华盛顿戴眼镜。眼镜在那样的战争年代向来被看作是一种很累赘的东西，只有那些身体有缺陷的人才会使用。

看到这一幕，坐在台下的军官们不禁颇为疑惑，大家渐渐地安静下来，想看看华盛顿究竟要干什么。台上这位在战场上与千百万军人一样出生入死的最高指挥官，在世人心目中本就是一个顶天立地、说一不二的强硬之汉。

然而现在，他却收起了所有的慷慨激昂，慢慢地戴上了眼镜，面对这些曾经和他一起浴血奋战的军官们，说了最后几句话：“先生们，我老了，请等我戴上眼镜。这些年，我的头发白了，现在，眼神也不济了。”说完以后，华盛顿没有再做任何争取便转身离开了，给在座的所有军官留下了一个苍老而蹒跚的背影。

最后的这句话说得是那么柔软而脆弱，几乎在场的所有人听到后都不再聒噪了，一时间全场悄然无声。就这样沉寂了片刻，只听到会场中突然响起一个声音："噢，天哪！也许乔治是对的。让我们给国会最后一次机会吧。"

这话如一针强心剂，让人们为之一振。很多人随即表示同意，那些从战争开始就跟随华盛顿的军官，突然有人开始失声痛哭。军官们的固执与愤怒好像一下子都被化解了。这次会议的结果可想而知，叛乱最终没有发生。而华盛顿也由此而带领美国真正实现了国家独立，并为美国民主制度的形成做出了不可磨灭的贡献。

炼智

在追求成功的过程中，低调求人有时候是一种策略。华盛顿的这次"求人"算是级别很高了，他所求的对象不是军队的将军就是开国的功臣。对于这些人来说，一味地下达命令已经不能凑效，低调而巧妙的求人才是真正解决问题的办法。为了维护来之不易的胜利，为了让美国人民不受军事独裁的统治，华盛顿以一国统帅的身份求人。如此低调的举动，获得了人们的同情，达到了最终的目的。

悟理

求人帮助并不是低人一等，更无贵贱之分；而是在必要的时候放下架子，以羸弱之势博得强力支持，以最小的付力获得最大的成果。这不仅是维护、促进人际关系最自然的手段，同时也是懂得借力的智慧。

结盟弱势巧上台

俾斯麦未满17岁时，便入读了哥廷根大学，但却无心向学，并染上很多恶习，他经常腰间佩剑，并牵着一只大狼狗闲逛，曾与同学做过27次决斗。后来转到柏林大学入读法律系，毕业后成为了律师。但他并不甘于此，于是投考政府的官职，当上了一个小书记员。在此时他先后遇到两位女子，结果都是订了婚后又把他甩了。

他回到家乡当上了庄园主，可是他并不满意这种生活，所以很快便再次进入政坛。这次步入政坛，使俾斯麦一生命运发生改变。他首先当上了河堤监督官，这份差事很适合俾斯麦好胜的性格，因此他当得很称职，很快便树立了正面的形像。他藉此机会参加议会选举。

1847年，身为普鲁士国会候补议员的俾斯麦，以特殊的“铁血”手段逼使一位议员因病退出了竞选。结果，他成功地当选为柏林州的正式议员，当时他只有33岁。

那时的俾斯麦在国会中没有一个可信赖的朋友，但出乎所有人意料的是，他却与当时已经毫无任何权势的国王腓特烈·威廉四世结盟，这与人们的猜测大相径庭。当其他议员攻击国王诸多愚昧的举措时，只有俾斯麦支持他。

这样的选择的确让人费解。腓特烈·威廉四世虽然身为国王，但个性软弱、明哲保身，经常对国会里的自由派让步。这种缺乏骨气的人，怎么会是一向好胜的俾斯麦在政治上的同盟者呢？

这个谜底是在四年后的1851年得到揭晓的，俾斯麦的付出终于得到了回报：他被腓特烈·威廉四世任命为内阁大臣。至此，人们终于明白了他之所以和“弱者”结盟的原因，俾斯麦的目的达到了。但事实上，这仅仅是他的一个起点，他并没有因满足而停滞不前。俾斯麦请求国王增强军队实力，以强硬的态度面对自由派。他鼓励国王保持自尊来统治国家，同时慢慢恢复王权，使君主专制再度成为普鲁士最强大的力量。国王也往往完全依照俾斯麦的意愿行事。

这样“扶弱灭强”的政治生涯一直持续到1857年，腓特烈·威廉四世精神失常，由他的弟弟威廉亲王摄政。多年的军旅生活养成的服从原则在威廉的思想中根深蒂固，结果威廉的思想比他的兄长更守旧。威廉亲王一直主张武力镇压革命浪潮，反对其兄召开议会的妥协做法。威廉亲王摄政后，并不想让俾斯麦留在他的身边，便立即召见他来，并任命他为驻俄大使。

面对新势力的上台和自己被远调，就连威廉亲王自己都没有想到，俾斯麦恭敬有礼地一弯腰，说道：“请亲王尽管放心，我一定不辱使命。”

1861年，威廉亲王登基，是为威廉一世。这时，威廉一世觉得更有机会脱身于俾斯麦的掌控之中，于是便一直让其徒挂虚职。威廉一世即位后，便以加强普鲁士的军事力量为己任，主张增加军事预算，并将兵役制从两年延长到三年，因此与议会发生矛盾。

无奈之下，只有任命俾斯麦为内相。但此时的俾斯麦却拒绝了内相的聘请，并提出了升任首相的要求。普王因为内部压力而无法答应，结果俾斯麦请辞，并被改派为驻法大使。

1862年，在普鲁士议会的新一轮选举中，自由派获得了绝对胜利，并马上否决了普鲁士政府对军事改革的全部拨款，政府和议会陷入了僵局。另一方面，自由派不断攻击威廉的权威，想吞噬他的权利。年轻的国王感觉无力承担国家的责任，开始考虑退位。

就在这个时候，俾斯麦再次出现了。他坚决支持新国王，鼓动他采取坚定而果断的行动对付反对者，采用高压手段将自由派赶尽杀绝。俾斯麦鼓励国王：“既然我们迟早是要死的，能不能死得更体面一些……陛下已经没有别的路可走，只有奋斗！”

尽管威廉讨厌俾斯麦，但是他明白自己更需要俾斯麦，因为只有他的帮助，才能解决统治的危机。在重大矛盾之下，俾斯麦成为首相的唯一可能人选。1862年9月，威廉一世召回俾斯麦，并任命其为首相兼外交大臣。

俾斯麦上台后，首先解决了与议会的问题，他在军费和军役问题等一些提案不可能获得议会通过的情况下宣布议会休会，开始在没有议会的条件下进行统治。接着，德意志统一的三部曲很快就开始了它激扬的旋律。

而后的几十年，俾斯麦以其“铁血”政策深深地影响了德国的历史。1871年，威廉一世在凡尔赛宫宣布就任德意志帝国皇帝，德国统一完成，以“第二帝国”之名出现在历史上。而这完全得益于俾斯麦这一“从上至下”统一德国的代表人物。这一铁血强人也使德国从封建专制社会过渡到资本主义，再走向资本主义强国之列。

炼智

作为一名强者，俾斯麦认为依附强势是愚蠢的行为，因为强势已经很强大，根本不在乎你的存在；而与弱势结盟则更为明智，可以让别人需要你而依附于你，让自己成为他们的主宰力量。俾斯麦就是看准了这一点，才乘机登上了德国的历史舞台。

悟理

真正聪明的人宁愿让人们需要他，而不是感激他。因为有所求，便能铭心不忘；而感谢之辞最终将在时间的流逝中渐渐淡漠。

只听“受虐狂”的话

“你说得简直太没有条理了，还是让我来总结两句吧！”

这是苏联的一次军事会议上，斯大林终于按捺不住，打断了参谋长华西里耶夫斯基的发言。他向来是一个很有“主见”的领导，往往听不进别人的意见。就连朱可夫元帅，都曾经因为直言不讳地提出建议，而被斯大林一怒之下赶出了大本营。

全场顿时安静下来，数十双眼睛都在等着斯大林定夺。他首先很自然地批判了华西里耶夫斯基所说的几条明显错误的意见。在一阵痛快淋漓的批评后，斯大林又逐条逐句地阐述了他的决策，众人纷纷叹服。

而这个总被最高统帅抓住小辫子的倒霉鬼华西里耶夫斯基是个什么样的人呢？

华西里耶夫斯基于1895年9月18日生于伏尔加河流域中部的伊万诺沃州新戈利奇哈镇。他的父亲在村教堂合唱团当过指挥和诵经者，微薄的收入不足以养家糊口。贫寒的家境也养成了华西里耶夫斯基刻苦和奋发向上的品质。

在第一次世界大战期间，华西里耶夫斯基是沙皇俄国军队的一名军官，于1914年秋季参军，1915年2月进入阿列克谢耶夫军事学校，5月底结业被授予准尉军衔，后升任连长和上尉代理营长。1919年4月，华西里耶夫斯基加入了工农红军。从此，他的军事组织和指挥才能得到了充分的展现。在第二次世界大战中，他是斯大林麾下与朱可夫齐名的将星，作为远东苏军总司令，他成为埋葬日本关东军的掘墓人。

这个故事，就发生在他担任参谋长的时期。

其实，人们早就发现，每次会议上，华西里耶夫斯基往往都会先讲几条正确的意见，这时他会表现得口齿不清，没有条理或者用词不当，总之是漏洞百出。由于他的座位大都靠近斯大林，所以只要使斯大林听明白他的意思即可。

然后，每当囫囵吞枣地说完正确意见后，他都会画蛇添足地讲两条错误的意见。这时候，他的声音是那么洪亮，条理是那样清楚，以至于那些错误的说法暴露得如此彻底。这往往使在场的人听得心惊胆战，觉得这真是一个糊涂之人。

实际上，华西里耶夫斯基只对自己的妻子说过一次：“有一天我去见斯大林，谈到某个问题时，他对我的构想表示不以为然。可是几天后，在军事会议上发表见解时我才发现，他的意见竟和我前次与他讨论的一模一样。这着实令我惊异不已！”也就是说，只有华西里耶夫斯基清楚，斯大林阐述的正是自己以前对他说过的话，只不过经过了加工、润色而已。

一般人见了这样的情况，都认为参谋长会对别人说：“那并非是斯大林的见解，而是我所提供的意见。”那么，华西里耶夫斯基到底有没有出面反驳呢？

他绝对不会做这种傻事，因为他不需要名利，只要能使自己的想法付诸行动就可以了。因此他丝毫不表露，使人们以为那真是斯大林独创的见解，甚至连斯大林自己也这样认为。

时隔多年，在接受记者采访时，华西里耶夫斯基才道出其中的原委：“自从认识斯大林以后，我慢慢发现了这样一个奥秘：如果想让斯大林考虑某件事，就必须在不知不觉中将这件事传到他的心里，引起他的关心。这是最简捷也最有效的！”

所以，在斯大林与华西里耶夫斯基谈天说地的“闲聊”中，华西里耶夫斯基往往不经意地“随便谈谈”军事问题，或者“简单评论”一下国家大事。这种方式既不郑重其事，也不头头是道，更不是像一般人那样誓死谏言。

而且，华西里耶夫斯基在和斯大林交谈时，有时会有意识地犯一些错误，给斯大林充分的机会去纠正错误，使他表现其英明。然后把自己最有价值的想法含混地讲给斯大林，由斯大林形成完整的战略计划公开“发表”。斯大林的许多重要决策就是这样产生的。

就这样，往往在他们聊完以后，斯大林便会想起一个“好计划”。过不了多久，斯大林便会在军事会议上陈述这个计划。大家听了计划以后，都称叹斯大林的深谋远虑，没有人想到这是华西里耶夫斯基的主意。就这样，华西里耶夫斯基让斯大林说出的就是自己的意见，不但被采纳了，而且也得以付诸实施。

华西里耶夫斯基的成功，就是靠那种与领导之间的随意交流，逐步启发、诱导着斯大林，使自己的种种想法得以实现，以至于连斯大林本人也认为这些好主意是他自己想出来的。就这样，华西里耶夫斯基使自己成为斯大林不可或缺的“宠幸”之人，发挥着巨大的，甚至是无可替代的影响力。

于是，经常有人说华西里耶夫斯基不正常，是个“受虐狂”，不让斯大林骂一顿心里就不好受。华西里耶夫斯基往往是笑而不答。只是有一次，他回敬了那些嘲讽者：“我如果像你一样正常，那我的意见也就会像你的一样，被丢到茅坑里。我只是希望前线将士少流血，希望我军打胜仗，我认为这些要比统帅的赞赏和辱骂更重要。”

炼智

如果华西里耶夫斯基试图提高音量或是带有强烈的主观色彩地对斯大林说话，那么他提的建议十有八九不会被采纳。他恰如其分地抓住了斯大林“有主见”的特点，在低声“闲聊”中让自己的意见不知不觉地影响到斯大林。只有放低姿态，“弯腰”说话，才能顺利地实施自己的意见。

斯大林是否知道自己采纳的就是华西里耶夫斯基的意见？那是肯定的。他既然能够把那些条理不清的正确意见说得头头是道，可见他是用心听了。而“吃了亏”的华西里耶夫斯基却不在乎斯大林是否当面肯定他的成绩，这种不计较个人得失的品质也许正是斯大林欣赏他的地方。

悟理

人人都喜欢赞美的话，人人都希望被重视。因此，我们在日常生活中一定要经常讲一些赞美别人的话，而且是真诚地赞美。赞美的力量是非常大的，它会鼓舞人的士气，会让人更乐意接受你的建议。

一个有智慧的人，应该学会适时地糊涂，隐藏自己的才能。不要过于锋芒毕露，要照顾到别人的感受，满足别人的自尊心。这是人际交往中的润滑剂。

借“拿破仑之手”造原子弹

1939年8月，一次研究原子弹理论的会议在美国召开。与会的都是美、英、法等国的科学家和从纳粹德国逃出来的一些著名犹太科学家。会议在爱因斯坦原子物理理论的基础上，提出了以铀裂变的方法制造原子弹的构想。

会议结束后，一封由爱因斯坦等著名科学家亲笔签名，请求研制原子弹的信件，交到美国总统罗斯福的科学顾问亚历山大·萨克斯手上。

萨克斯迅速通过私人关系请求约见总统，可直至10月11日，才见到总统。见面的时间非常宝贵，作为银行家的萨克斯博士，深谙谈话要领，他作了简短说明以后，就开始向总统读爱因斯坦的信。

萨克斯站在罗斯福总统的办公桌前，激动地介绍了当时原子科学发展的状况，及其成果运用于军事可能会给战争带来的巨大影响。同时，提醒罗斯福总统，德国人已着手进行这方面的研究，也许有一天，希特勒将会拥有这种威力惊人的武器。

萨克斯原以为罗斯福听完这封信后，会追问一些相关的问题。没想到，罗斯福总统只是淡淡地说：“你就是为这封信来的吗？你不觉得信应该写得再简短一些？”萨克斯不愿意在小节上发表不同意见，便附和着说：“是应该写得简短一些。”

萨克斯明白，此刻说得太多，只会适得其反。他改变策略，用刺激的口吻说道：“也许要等到希特勒把轴原子弹丢在白宫的上空，你才会意识到今天犯了一个大错误。”

看着兴致勃勃的萨克斯，罗斯福虽然对信的内容也颇感兴趣，但随即两手一摊，撇撇嘴说："现在的国际形势纷繁复杂，还有很多比这更为迫切紧要的事情要去处理——你知道，我的意思是，现在就开始制造这虚无缥缈的东西还为时过早吧！"

这话像一盆冷水，"哗"地一下把萨克斯的热情从头浇到脚。但作为总统的科学顾问，他深感自己责任重大：一旦原子弹被德国人抢先研发出来，后果将不堪设想。萨克斯并未就此罢休，他要想方设法让总统接受自己的观点。

这天，罗斯福请萨克斯与他共进早餐。见总统心情不错，萨克斯便乘机问了一句："总统先生，你对拿破仑如何评价？"

罗斯福一时也没有过多地考虑对方的用意，便随便答道："算是一位英雄，他几乎征服了整个欧洲。"

"但他为什么没有征服英伦三岛呢？"萨克斯不失时机地追问。

罗斯福停顿了一下，没有回答。

于是，萨克斯便给总统讲述了当年拿破仑因拒绝采纳美国发明家富尔顿的建议而最终懊悔的故事——

1803年，美国的年轻发明家富尔顿在塞纳河上建造了第一艘以蒸汽机为动力的轮船。这年8月，他获悉拿破仑要越过英吉利海峡对英作战，就兴致勃勃地来到了金碧辉煌的凡尔赛宫，向拿破仑推销自己的发明。

富尔顿滔滔不绝地介绍起这种轮船的优点和威力，说："陛下的舰队再也不必在港口里等待好天气出航，等到您旗开得胜的时候，您就是这个世界上最伟大的人了……"富尔顿建议把法国战舰上的桅杆砍掉，撤去风帆，装上蒸汽机，把木板换成钢板。的确，如果拥有一支由蒸汽轮船组成的舰队，那么不论在任何天气下都能在英国登陆。

但是，拿破仑却想：船若没有帆就不能航行，木板换成钢板，船就会沉没。他嘲笑富尔顿简直是想入非非，不可思议！结果富尔顿被轰了出去。

不久，英国购买了富尔顿的发明专利，自此英国凭借强大的海军，确立了海上霸主的地位，法国却远远落在了后面。

八年后，拿破仑在滑铁卢战役中战败被俘，由一艘英国帆船押往圣赫勒拿岛。

具有戏剧性的是，途中正好与富尔顿制成的蒸汽轮船相遇。

直到那时，拿破仑才懊悔万分、痛心疾首地说：“这就是我没有眼光的代价，我赶跑了富尔顿，也就葬送了我的王冠！”

萨克斯最后以沉痛的语气说：“如果当时拿破仑能采纳富尔顿的建议，19世纪的历史也许就会重写。”

这时，只见罗斯福放下了手中的刀叉，沉思片刻后突然说：“是的，我不会成为第二个拿破仑。”

“原子弹的研制工作必须立即开始进行！”罗斯福摩拳擦掌，不禁坚定了自己的想法。

随即，罗斯福下令成立了“铀顾问委员会”。1945年7月16日，美国第一颗原子弹试爆成功。美国在遭受了“珍珠港”袭击后，以报复的心理把它投放到了日本国土上。虽然这一行为至今值得商榷，但有一点可以肯定的是，原子弹的成功研发对第二次世界大战的结束起到了不可忽视的作用。

炼智

面对闭门羹的冷遇，萨克斯并没有轻易就放弃了自己的观点，也没有直截了当地进行力劝。他找准时机，巧妙地“借古说今”，切实从对方和国家的角度出发，让罗斯福总统彻底通晓各种利害关系，指明利益所在。然后再适时进行提炼总结，达到一下说服对方的目的。

通过间接的途径表达自己的意见反而更容易被人接受，这样可以淡化矛盾并转移争论焦点，从而减少对方对你的抵触情绪。而在心绪正常的情况下，人们的理智占了上风，自然会认真考虑你的意见，不至于先入为主地将你的意见一棒子打死。这大概就是古人以迂为直的奥妙所在吧！

悟理

我们每个人都有着自己的观点和看法，它是我们思考的结果，支撑着我们的自信。无论是谁，遭到别人的直言不讳的反对，都会感到不快。

如果你的观点是客观正确的，但双方一时间无法达成共识的话，首先不能放弃，甚至于“随风摇摆”。其次，应避免直接冲突以使矛盾升级；而可以用“借力打力”的策略，用他人的事例来说明自己的道理。

政治会议上的消耗战

1944年，随着反法西斯军事行动的开展，苏联和西方国家在对德战争中取得了决定性的胜利。结束战争和安排战后世界而产生的一系列政治问题需要迅速解决，客观上愈加迫切地促进了苏、美、英三大盟国举行新的最高级会晤。

苏联最高领导人斯大林想通过这次会议“就我们共同关心的一切迫切问题做出具体的决定”。而这“一切迫切的问题”，自然指的是那些涉及到诸如苏联边境、战后分区占领、远东权益等涉及到苏联切身利益的问题。

当时的情况是，美国总统罗斯福有病在身，这个坐在轮椅上的老人已经很难应付繁忙的公务了。以至于在1944年夏末秋初的时候，罗斯福总统写信给其他两位“巨头”说：“从我们共同事业的利益出发，我对此极为重视。但是，就我来说，我不得不作一点保留。医生劝我不要作长途旅行。在一定时期内，我不能不考虑到这一点”。罗斯福进一步表示，希望能到1945年春天，等病体有所恢复，气候较暖和时再举行会谈。

另一方面，斯大林早已了解到罗斯福的病情，他知道，一个疲惫不堪、精力不支的首脑在谈判中是不会保持坚强的意志和耐力的，是无法与一个体魄强健的对手较量的。罗斯福这种身体状态下，很容易感到厌倦、焦躁、虚弱，从而轻易地向对手让步。于是，斯大林提出国际形势瞬息万变，时不可待；如若延误时机，将带来极大危害，当务之急是需通过会谈来处理战后德国的问题，所以必须在1945年2月举行首脑会谈。

由于斯大林的理由冠冕堂皇，而且对于如此重大的问题，作为美国总统，怎么也是无法推托的。在无可奈何的情况下，罗斯福只好答应了。会谈的地点也是由斯大林确定的，会场设立在黑海边的一个叫雅尔塔的小镇上。这就是历史上有名的“雅尔塔会议”。

不得已之下，罗斯福抱病乘船，远渡重洋，来到冰天雪地的雅尔塔。众所周知，苏联的冬天是很可怕的，再加上旅途的疲劳、气候的不适，罗斯福总统被折磨得容貌憔悴，病情加重，几乎再没有精力来承担如此重大的会谈。同时，作为“东道主”的斯大林故意将日程安排得十分紧张，反正累死人不偿命。于是，在短短的几天内，大会、小会，双边、多边的会晤竟达二十多次，一轮轮生龙活虎的谈判，对手轮番上阵，直搞得罗斯福心力交瘁，苦不堪言。

无疑，这样的会谈显然是倾斜式的：一方是精力充沛，一方是病体衰弱；一方是以逸待劳，一方是远道而来；一方是身在家中，一方是“客随主便”；一方是镇静耐心、无限拖延，一方是烦躁焦急、草草收兵。

会议中，尽管罗斯福与斯大林讨价还价，但终因体力不支、精力涣散而无法争辩到底。结果，会议基本上是按照斯大林提出的条件签订了《雅尔塔协议》。这份协议基本上满足了苏联的要求，使美国和西方国家损失了很多的权益。有人说“政治和军事的较量，最终归结为力的较量，是身体的较量”，这话是有一定道理的，很明显，罗斯福的病体使他在谈判中吃了不少亏。

《雅尔塔协议》一经公布，马上遭到了美国人民的普遍反对，认为这是屈辱和蒙受损失的协议；一向受到美国人民尊敬的罗斯福总统为此受到了谴责和压力。在病体和精神的双重压力之下，罗斯福回到美国没有几个星期就逝世了。

而对于苏联来说，这是一次取得广泛成果的会议。主要是：取得了分区占领德国的权力；确定了有利于苏联的苏波边界，保留了苏联支持的波兰卢布林政府；“大国一致”的原则确立了苏联在联合国的牢固地位和作用；在远东获得了极大的权益。所以，就建立苏联在东欧的势力范围和确保苏联在战后欧洲和世界格局中的有利地位而言，雅尔塔会议实际上是向苏联颁发了承认书和授权书。

炼习

政治的较量到了最后反而是身体和意志的较量。优秀的政治家善于充分利用和强化对手在身体上、意志上的劣势，懂得保存实力、等待时机，擅长利用以逸待劳的智谋，从而使自己在政治较量中较容易地击败对手。

识得大局、善于指挥的人总是调动对手而不被其所调动。先做好养精蓄锐的充分准备，等到需要与之搏击的时候，再给予迎头痛击。"雅尔塔会议"可谓其中的一个典型例证。

悟理

以逸待劳就是暂且忍耐、静待时机，用调动、控制、消耗或拖延的办法来确立自己的优势。

镇静自若制“王牌”

二战时期，作为盟军，又作为意识形态和社会制度不同的国家，战争中的苏联和英美两大国家之间经常会出现不协调的地方。但各国都采取了求同存异的策略，表现得比较克制，保持各国之间团结一致，最终取得了反法西斯战争的胜利。

盟军在攻占冲绳之后，下一步计划就是集中一切可用的兵力去攻打日本本土。而在向日本本土进军之前，同盟国之间首先要商讨一系列重大问题：如何处理战败国德国、意大利及其欧洲仆从国，以及对日本作战，等等。

于是，1945年五六月间，经外交途径商定，苏、美、英三国首脑会议在柏林召开。但因柏林市区破坏严重，朱可夫元帅建议在柏林西郊的波茨坦召开。会议从1945年7月17日开始，历时半个多月。

现在，战争中的不协调终于又回到了谈判桌上。会谈之前，三国之间纵横捭阖、软硬兼施，都想为自己的国家取得更多的利益。经过多次讨论，三国政府首脑对一些主要问题基本达成了协议，有些问题还有待进一步协商，分歧一时还不能完全消除。当时美国总统罗斯福已经去世，继任总统杜鲁门因为“初出茅庐”，在各种场合都表现得较为谦恭礼让。

1945年7月21日，在波茨坦会议的第五天，杜鲁门接到一封发自美国的密电：“各项进展顺利”。短短的几个字，却让杜鲁门欣喜若狂。原来，这意味着美国原子弹的试验已经大获成功，且这种致命武器立即可以正式投入生产。

有了这颗定心丸，在这个决定战后重大利益分配的关键时刻，杜鲁门迫不急待地想让斯大林明白，自己手里已经牢牢掌握了一张十分厉害的王牌。

第二天的谈判会场上，杜鲁门从推门进入的一刻开始，就一反常态，颐指气使地面对所有与会的成员。对苏联人所表明的立场和意见，杜鲁门一概以强硬的姿态反对。连英国首相丘吉尔也不禁私下对人说："杜鲁门好像在一夜之间变成另外一个人了。"

其实，杜鲁门还是那个杜鲁门，促使他转变态度的就是7月16日美国第一颗原子弹的试爆成功。既然自己已经掌握了核武器，杜鲁门的腰杆子便硬挺起来，嘴巴子也凶了不少。这张王牌必定会被他作为"制胜法宝"抛出来，从而逼迫苏联做出让步。

从自身的立场出发，英国首相丘吉尔向美国盟友建议，应以某种离奇的方式向斯大林透露这一信息，或者在说这件事之前先讲个笑话。丘吉尔对杜鲁门解释说："幽默如同糖衣，它可以使所有药片变甜……"

这天，杜鲁门"精神振奋"地看着坐在对面的斯大林，身体往后一仰，挑起眉毛开了口："您可能还不知道，就在几天前，一件能够决定人类历史的大事在新墨西哥州发生。现在就让我把这个足以支配大局的伟大的新事实透露给你，我们已经拥有了一种破坏力非常巨大的新式武器……"杜鲁门嘴里说着早已准备好的、像绕口令一样的"台词"，而眼睛却一刻不离地盯着斯大林的脸，密切注视着这个对手的一切反应。

然而，斯大林的老谋深算却是杜鲁门始料未及的。只见他并没有出现任何惊愕的神色，反而像早已知晓似的，一脸平静地说："总统先生，我听到这个消息也很高兴。希望你们能好好用它对付日本人。"

杜鲁门似乎还想再听到些什么，可斯大林一副高深莫测的样子，再也没有对美国的新式武器表示出任何兴趣。随后，他依然态度强硬，坚持苏联自己的立场。杜鲁门还以为斯大林没有听明白自己的意思。然而事实上，演技高超的斯大林只不过是维持了表面的平静，他听懂了杜鲁门的意思。

斯大林表面的镇静，使得出现惊愕表情的反倒是杜鲁门本人了。斯大林的反应让他大失所望，本来就紧张的心此刻更加七上八下：斯大林为何如此镇静？难道苏联也掌握了核武器？

事实上，苏联当时并未掌握核武器，而且斯大林听了杜鲁门的话后也的确非常震惊。但他善于克制自己，不露声色，也没让美国使用核讹诈在会谈中占到任何便宜。丘吉尔看到斯大林的表现，做出结论说："我可以肯定，斯大林在那一天，对于英美两国长期以来所从事的这项庞大的研究过程并没有特别了解，也不知道美国在生产原子弹这一豪迈的冒险事业上，曾押上了4亿英镑以上的赌注。"

然而，丘吉尔过于自信了。就在那一天，斯大林这位最高统帅返回自己的办公室后，在朱可夫元帅在场的情况下，马上就跟外交部长莫洛托夫谈到刚才与杜鲁门的谈话内容。莫洛托夫听后说："他们是想抬高身价。"斯大林笑着说："让他们抬高身价好了。马上打电话给核物理学家库尔恰夫，立即加速我们的工作！"

在斯大林的建议下，战后许多重大问题都达成了协议，从而确立了战后世界的政治格局。其中，波兰不列入德国赔偿分配方案，而由苏联所获赔偿的15%转交。同时，当斯大林回到住所时，立即指示国内加紧核试验。四年后，苏联也试爆成功了第一颗原子弹。

波茨坦会议对于夺取反法西斯战争的最后胜利具有重大意义，美、英、苏三国首脑在一系列国际问题上进行的激烈斗争，反映了两种社会制度的矛盾又重新上升为东、西方大国之间的主要矛盾，从而成为战后一段时期内国际斗争的重要内容。

炼智

"以不变应万变"这个道理相信大家都明白，斯大林把这一谋略运用得炉火纯青。面对美国试爆成功这张横空出世的"王牌"，斯大林的内心是焦急甚至有一丝慌张的，因为他深知双方实力的差距。

但身经百战的斯大林更加明白，在战场上遇到危险，沉着应对可化险为夷；政坛上面对意外，冷静处理方能转危为安。所以，他先不动声色，不让对方识破自己的想法，然后采取相机行事的对策。

悟理

正所谓"攻心为上"，保持深沉，不让人识破自己的想法也是一种处变不惊的战略。但另一方面，利用威慑制敌，也不失为一种巧妙的攻心战术。起威慑作用的既可以是物质力量，也可以是精神力量，它们都是通过对人的心理施加影响而起作用的。

强压怒火造“跟班”

“我一定要打回菲律宾，打败日本！”这是太平洋战争爆发后，盟军将领麦克阿瑟面对日军的背信弃义和野蛮虐待被俘美军时，对日本法西斯心怀深仇大恨而喊出的怒火誓言。那时，是1941年的寒冬。

1941年7月，麦克阿瑟为远东陆军司令部总司令，统管远东地区的陆军和陆航部队。1941年12月9日，即日本偷袭珍珠港的第二天，战事降临菲律宾。此时，他手中可以调动的部队只有13.4万人，其中美军1.2万人，菲律宾正规军1.2万人，菲律宾民兵11万人，作战飞机150架，几十艘老掉牙的军舰。

日军出动300架飞机轰炸了马尼拉机场，又在几乎毫无抵抗的情况下，摧毁了停在克拉克机场上的全部美军战机，进而控制了菲律宾的制空权。与此同时，位于马尼拉湾的美军海军基地也遭到攻击，停在港湾里的美军战舰，大部分被击沉。攻击还引爆了潜艇部队储藏的233枚鱼雷，爆炸声惊天动地。由此，美国亚洲舰队元气大伤。

在日军的强大攻势下，罗斯福总统亲自打电话给麦克阿瑟，命令他只身逃出菲律宾，这是他永远的耻辱，是他挥之不去的心理阴影，况且那里还囚禁着成千上万的美军战俘和美国在道义上负有解放义务的1700万菲律宾人。他离去时，曾发出的“我还要回来的”誓言，对日军，他有着刻骨的仇恨。

转眼间，时间到了1945年的初秋，日本投降。“战争责任是要追究的，但天皇可以例外。请相信，您将受到我们占领军的妥善对待。”说这话的也并非他人，仍是当年那个信誓旦旦要复仇的麦克阿瑟。而此时他的身份是驻日盟军总司令，负责日本战后的重建工作。

仅仅三年多，麦克阿瑟怎么就有了如此大的转变？是他心软了，还是因为某种原因而退缩了？都不是。三年前的怒火中烧是因为国家的利益受损，三年后的善待宽容，则更是为了让美国在战后获得更大的利益。原来，与日本在远东的长期争夺让美国的决策者明白，要彻底打倒日本，不仅要在军事上彻底将日本人打倒，还必须以美国的意志在政治上彻底改造日本，才能够杜绝后患。

当时，二战刚刚结束，盟国间的分歧开始暴露出来。冷战的帷幕悄然降落，以美国为首的资本主义阵营和以苏联为首的社会主义阵营在全球开始了争夺与较量。所以，美国对日本的政策也产生了从惩罚到扶持的重大变化。为了能够让自己改造日本的意志畅通无阻，也因为看见了分割占领德国的前车之鉴，美国决定对日本实行单独占领。

最初的时候，麦克阿瑟准备对日本的国体进行一次毁灭性打击，并且一度萌生废掉天皇的念头。但是出于对国家利益的考虑，麦克阿瑟从被任命为驻日盟军总司令的那一刻开始，就出乎世人所料，主张采用宽恕政策。他手下的一些军官早就想发泄一下对日本侵略者的深仇大恨，多次建议把天皇裕仁这一头号战犯处死，却遭到了麦克阿瑟的拒绝。有些参谋人员为了炫耀战胜国的权威，建议把裕仁传到盟军最高司令部来，麦克阿瑟也没有接受。他认为这样做会使日本人对盟军产生更强的抵触情绪，不利于盟军的占领。

1945年9月27日，麦克阿瑟下榻的美国大使馆门外来了一个穿西装的不速之客，要求面见麦克阿瑟。麦克阿瑟当时并不知道在外面求见的就是天皇裕仁，但他似乎感觉到了来者身份的不同寻常，赶紧亲自出门迎接。麦克阿瑟一眼就认出了那个在门外谦恭地等候着的正是天皇裕仁本人。

受到了上宾礼仪接待的、忐忑不安的天皇十分感动，在客厅就座后，以负罪的心情主动说道："麦克阿瑟将军，我对贵国和世界人民犯下了不可宽恕的罪行。我今天来见你，是要把我交由您所代表的各个大国来裁决，我对我的人民在战争中所做的一切政治、军事决定和采取的一切行动承担全部责任。"

听到这些话后，麦克阿瑟也十分高兴，对裕仁表示战争责任要追究，但天皇会得到妥善对待。这让一直提心吊胆的天皇松了一口气，手足无措地连声说："谢谢，谢谢。"

这样"善待"的态度遭到了盟军一大批人的强烈反对，他们要求以血还血，惩前毖后；指责麦克阿瑟毫无道理，心怀叵测。对此，麦克阿瑟举起右手，指着虎口处被掐出的印记说："你们看，这是我在和裕仁谈话时为了不让自己发怒而掐出的指印。从感情上，我是仇恨日本人的。但一旦取得胜利，作为占领军的最高长官就不能感情用事。我现在关心的是怎样使他们重新站起来，而不是永远爬不起来。"

事实证明，麦克阿瑟的宽容政策起了很好的作用。在以武士道精神著称的日本，美军的占领与重建并未遇到多少障碍，就像日本总理大臣吉田茂所说："麦克阿瑟对裕仁处理得当，是美国对日本占领之所以成功的一个重要原因"。

之后，美国又在减轻日本战争赔偿的经济方面，和放宽对战犯惩罚的政治方面，以及加快对日缔结和约步伐的外交等方面，做出了诸多努力。1952年4月28日，《日美安全条约》《日美行政协定》和《对日和约》同时生效，这标志着二战后以美国为主导的日美同盟关系正式建立。至此，美国就把一个在战争时期的对手着着实实地改造成了自己的身边的一个小"跟班"。

炼智

老子《道德经》云："柔之胜刚也，弱之胜强也，天下莫不知。"实际上，麦克阿瑟心中的怒火从未减淡过，只是，他懂得轻重缓急以及个人和国家之分。强硬的报复行为不见得就是最好的选择，在仇恨和国家利益之间，麦克阿瑟理智地选择了后者。

身为占领军最高统帅的麦克阿瑟不露痕迹地巧妙使用了"以柔克刚"的智谋。他一反胜利者的强势之态，表现出让人意想不到的宽容和礼待，让天皇裕仁和日本国民的逆反、抵触心理瞬间消失，反倒心怀感激。以柔之姿态克刚之情绪，从而成就了更大的国家利益。

悟理

我们在做事情的时候，一定不要做了感情的奴隶，要有个理性"调节器"，把握好尺度，适可而止。控制好情绪，凡事切忌感情用事，才是图谋远虑之举。

外宴上的“恶语”之招

1960年11月，在美国总统大选中，肯尼迪以微弱的优势击败了共和党候选人尼克松，成为美国历史上最年轻的总统。这让尼克松为此遗恨了八年之久。

选举结果出来后，美国政坛的民主党内一片喜气盈门的气象，这是被世人所理解的自然之举。然而，在世界的另一头，苏联领导人赫鲁晓夫也兴高采烈地举行“新闻发布会”，向各国记者大肆吹嘘：是他曾竭尽全力让尼克松落选。

几年后，在见到了美国新总统约翰·肯尼迪时，赫鲁晓夫表功似地告诉他：“是我们，让你当上了总统。”

这是怎么回事呢？其原委还要从美苏之间的一次外交宴会上说起。

1959年9月赫鲁晓夫访美即将结束时，美方特意在苏联驻华盛顿大使馆举行了告别宴会，尼克松代表美国政府和艾森豪威尔总统出席。

宴会上，尼克松特意走到赫鲁晓夫面前，在众多记者的注视下，热情地对赫鲁晓夫说：“我相信您一定感觉到了在美国受到的非常礼貌而热情的欢迎和接待，您对美国的这次访问一定会非常成功、顺利。”

为了摸清赫鲁晓夫的脾气，尼克松曾向见过赫鲁晓夫或与他谈过话的为数不多的西方人士请教，问他们赫鲁晓夫究竟是一个怎样的人，并估计自己能从赫鲁晓夫那里得到些什么。这些人为尼克松分析赫鲁晓夫时说，他会注意你的一举一动，是否流露出好斗的神气，他会抓住你身上任何示弱和姑息的迹象，来为他所用。这些人建议尼克松应该尽量不挑衅，而尼克松虚心地接受了。

但是，在此之前，赫鲁晓夫和尼克松在苏联的“厨房辩论”让双方积怨已久的关系达到了冰点。此时尼克松这句几近恭维的话，就是想让彼此的关系得以缓和。这位东道主心想：赫鲁晓夫再也没有理由对自己不满甚至恼恨了吧？

那么，作为大国领导，赫鲁晓夫又该有怎样的应答呢？一时间，所有的镜头和闪光灯都对准了苏联这位最高领导人。然而，接下来的一句话却让全场为之震惊。赫鲁晓夫忽然勃然大怒，恶狠狠地对尼克松说："如果我的访问真的顺利，那绝不是因为你想要让它顺利。据我得到的报告，你非常希望这次访问失败。"

此话一出，尼克松如同挨了当头一棒，顿时显得手足无措，脸涨得通红。在场的记者们也目瞪口呆，继而把这件事作为头条新闻发了出去。

冷静下来之后，尼克松开始慢慢琢磨赫鲁晓夫如此态度背后的深意。几乎可以作为常识的一点是：即使再有个人恩怨，再缺乏修养，但作为一个大国首脑、一个政治家，也绝对应该懂得怎样控制自己的情绪。但赫鲁晓夫好像根本不想掩饰自己，而且在很多场合，他几乎是故意、夸张地表现自己的愤怒和对尼克松的怨气；越是人多的时候，越是有记者在场的时候，表现得就越突出。毫无疑问，这是有目的的。

的确，尼克松没有猜错，这正是赫鲁晓夫的一个政治、外交战略。原来，1960年是美国大选年，艾森豪威尔两届任期已满，作为副总统的尼克松肯定要参加竞选。尼克松把此前访问苏联看成是扩大自己政治影响的大好时机。

因此，在上次访苏过程中，尼克松的政治表演对选票有很大的影响。那时，尼克松有点针锋相对的意思，于是就发生了有名的"厨房辩论"。尼克松与赫鲁晓夫在苏联的"厨房辩论"使他在美国的威望日益升高，当选总统似乎势在必得。而这，恰恰是赫鲁晓夫不愿看到的。

于是，赫鲁晓夫在访美期间故意时时流露出对尼克松的强烈愤慨。他知道，新闻界会迅速地把这些情况传播出去，美国人不久就会全知道"赫鲁晓夫不喜欢尼克松"。赫鲁晓夫心里也清楚，如果美国人看到尼克松无法在与苏联的关系上取得进展，那么他们就会觉得尼克松无能，从而抛弃他。

赫鲁晓夫的策略果然有了效果，许多美国人似乎都认为肯尼迪"与赫鲁晓夫合得来”，从而决定把选票投给民主党的总统候选人。就这样，赫鲁晓夫借美国人民之手，推下了自己的政敌尼克松，为前苏联在当时世界外交中扫清了障碍。

炼智

赫鲁晓夫巧妙地利用了美国群众对自己国家外交的关注和期望，故意对尼克松恶语相向，从而给世界尤其是美国人民一种“美苏不和”的印象。而这是美国人民最不愿看到的“无能”表现，也因此借他国之力推下了自己的政敌。这可以说是现代版的“借刀杀人”之谋，其四两拨千斤的效果发挥得淋漓尽致。

虽然尼克松已经看清了这种形势，也想在与苏联、与赫鲁晓夫关系上做点补救工作，但怎奈对方已计从中来，根本不买账。所以，亡羊补牢也要趁早，否则只有承受大势已去之果。

悟理

有时候，要达到一定的目的，不一定开门见山地去做，也可以通过其他侧面途径。条条大路通罗马，迂回路线也可能成为“捷径”。

“阴谋家”东山再起

1959年10月15日，《巴黎新闻》头版头条披露一条耸人听闻的消息：“悲剧有可能在明天发生。杀人凶犯别动队已经越过西班牙边境。黑名单已经确定。”

1959年10月15日子夜时分，夜巴黎开始沉静下来了。法国巴黎的天文台公园，白天是个环境优美、游人如织的地方。随着“砰”的一声枪响，打破了这里原来怡人的静谧。随后，一个中年男子模样的黑影应声倒下，而另一伙人则夺路而逃。

原来，密特朗同几个朋友用过晚餐后驱车回家。几分钟后，他发觉有辆黑色轿车在跟踪他。他故意开车转来转去，怎么也甩不掉这辆车。他急中生智，快速开到参议院南边的天文台公园，急忙弃车，翻过铁栅栏，趴在花草丛中。这时，背后响起一片密集的枪声，事后，在他的车上发现了七个弹孔。

这就是当时轰动世界的“天文台公园事件”。第二天，巴黎各报以头版头条报道：参议员弗朗索瓦·密特朗昨日深夜在天文台公园遭暴徒枪击，好在抢救及时，密特朗的枪伤并无大碍。谁都以为密特朗名列黑名单之首。一时间，新闻界和几乎所有的左翼组织都行动了起来，声援和慰问信件雪片似地飞来。密特朗顿时成了“英雄”。

这对于在法国解放后参加了第一届临时政府内阁的密特朗来说，也可以算是塞翁失马的事情。这无疑让他在客观上获得了更多的支持，使其政治生涯显得更为明朗。

但让密特朗没有想到的是，天文台公园的那一声枪响竟然只是一个引信，更大的阴谋就在不久后等着他。10月22日，“天文台公园事件”一审开庭。就在各路政客和媒体记者纷纷到场后，法庭外突然传来了一个节外生枝的消息：凶手佩斯凯说之前审讯时的口供纯属是刑讯逼供下的伪造，他要求第一个上庭，当众说出事实真相。

法庭旁门打开后，一个面目凝滞的男子手戴拷锁，昂头走进。走过密特朗跟前，他突然转头，嘴角露出了一丝狡黠的冷笑。虽然只是一瞬间，但密特朗也敏感地觉出要有什么意外发生。

果然，佩斯凯一开口便说“这是一起应密特朗本人要求而策划的行动”。佩斯凯说得活灵活现，在他的口中，密特朗成了这一出沽名钓誉的“苦肉计”的大导演。

话音掷地，全庭哗然。转眼间形势逆转，密特朗从一个无辜的被害者变成了蓄谋已久的阴谋家，变成了政治骗子。他不仅成了政敌攻讦的目标，甚至许多朋友也嗤之以鼻，纷纷离他而去。密特朗本来与戴高乐的政见不同，戴高乐复出后，密特朗的政治处境原本就十分困难，天文台公园枪击案更使他走投无路。

一时间乌云压顶，谩骂、讥笑、责问如狂风暴雨般向密特朗袭来。大刊小报上的头版头条都是以密特朗为关键字的粗体标题，电台、电视台也全是关于此事件的评论。就连戴高乐的首任总理米歇尔·德勃雷也要在被打倒在地的密特朗身上踩上一脚，他公开发表声明，建议就此取消密特朗的参议员资格。

同时，检察院以亵渎法院罪要求取消密特朗的豁免权，因为密特朗故意向警方隐瞒了一些重要情节，影响了警方的侦破工作。密特朗指责政府生怕“暴露自己是这桩丑事的主谋或帮凶”。然而，参议院仍以175 对27 票通过暂停密特朗议员豁免权的议案。这又加重了对密特朗的政治上和道义上的打击，真是雪上加霜。

此时，密特朗深知众口难辩，“愈擦愈脏”的道理。为此，他决定既不申辩，也不反击。对于这种经过周密策划的栽赃陷害，最好的办法就是不予理睬。

对于周围所有的强势舆论密特朗就当做像真空一样，无视其存在。他压抑着心中的愤怒，决定暂时隐退，以退为进。平日，他埋头读书，专心写作；寝食起居，无不定时有序。清晨，他早早起床去树林散步，呼吸清爽而新鲜的空气，欣赏一番翠绿茂密的田野。大自然的美丽景色使他忘掉了萦绕在心头的忧愁和烦恼。周末，还会定期去游泳、打球。

1960年春，他开始了一次国外旅行，先后来到了中国、美国和伊朗等国家。在中国，他参观游览了不少城市，记下了许多见闻。回国后，于1961年发表了专门介绍新中国成立后所发生的重大变化的专著《中国面临挑战》。该书的出版，赢得了不少读者的欣赏，密特朗的名字重新在法国社会上传扬。

密特朗凭着自己表面平静如水、实则蓄势待发的潜沉，终于在1962年11月2日的选举中东山再起，击败了戴高乐派在涅夫勒省的保卫新共和联盟的竞选人让·塔耶尔，再次当选为国民议会议员。这让他的仕途从此“柳暗花明又一村”，在1965年和1974年的两次总统竞选中，均以压倒性优势战胜了对手，成为法国历史上少有的连任总统。

炼智

政敌为了陷害密特朗，设置圈套，有意栽赃，使其有口难辩。而密特朗则以退为进，转移人们对此事的注意力，让其随着时间的流逝而自然澄清。同时，积极创造条件，伺机复出。正是以屈求伸的计谋，让密特朗击败了对手。

悟理

“大丈夫宁折不弯”，除了能换来一时的气概之外，再无他益。历史告诉我们，善屈者而后伸，忍辱者而后成。善谋者应谋大局，谋长远，不应与对手争一日一时之短长。有了坚忍的毅力和勇敢的牺牲精神，才能在屈辱的境况下积蓄力量，为他日所成。

“妇人内阁”中的“男子汉”

上世纪50年代末60年代初，印度外交空前活跃。总理尼赫鲁频频出访国外，会见了不少国家元首和知名人士。在屡次出访中，站在总理身旁一位俊秀女子的身影格外引人关注。她不仅陪同尼赫鲁访问过美、中、苏、法等国，出席每年的英联邦总理会议，还参加了万隆会议和其他重要国际会议。这个女子不是别人，正是尼赫鲁总理的女儿英迪拉。

英迪拉出身于一个显赫而富有的政治世家，她是个独生女，从小就被教育培养成坚强独立的个性。因为政治的牵连，她几乎从没有享受过生活的安逸和舒适。祖父、父亲和母亲因从事政治活动而多次入狱，她的教育也不得不时断时续。

12岁时，英迪拉就表现出了强于同龄孩子的政治才干，组织了有6000名儿童参加的“猴子队”。他们传递消息，缝制国旗，为国大党担负一些零碎工作。她在政坛上的首次亮相是在1947年印度独立与分裂的过程中，英迪拉为数以百万计的巴基斯坦难民组建难民营，以及为病人提供药物资助。这无疑为她未来踏足政坛积累了宝贵的经验。

她先后担任国大党工作委员会委员等职务，并于1959年被选为国大党主席。这段经历，使她积累了丰富的政治和外交经验。由于其父尼赫鲁极力反对用人唯亲，英迪拉未参加1962年国大党主席位置的竞选。

1964年5月，尼赫鲁逝世，英迪拉在新总理夏斯特里的力劝之下决定进入政府机构，并立即被委任为资讯广播大臣。

正式进入公众视野后，英迪拉最为人称道的还是她在印巴战争中表现出来的果敢与坚毅。1965年印巴战争打响，英迪拉却选择往克什米尔首府斯利那加度假。当时巴基斯坦部队正集结于与此很近的位置，有不少人都劝她改往查谟或德里等较为安全的地方。但英迪拉却坚持己见，她重整了当地政府并邀请传媒到访，务求使国民消除疑虑。对此，英迪拉被形容为“一群妇人内阁中唯一的男子汉”。政治常常让柔弱的女人走开，但是英迪拉却傲然游弋于这个圈子。

1966年1月，时任印度总理的夏斯特里在苏联塔什干与巴基斯坦签署和议之后数小时突然去世，他的死因至今依然是一个谜。当他的死讯传回后，印度政坛一度混乱，各路政客纷纷摩拳擦掌。一场激烈的新总理角逐战正式展开了。

当时，两大热门人选一个是莫拉尔吉·德赛，另一个则是已宣誓为代总理的南达。前者早在首任总理尼赫鲁去世时就有意坐上总理之位，可惜败于夏斯特里之手；而后者则在夏斯特里死后代任总理。

面对两大劲敌，身为首任总理之女的英迪拉对外宣称自己不战而退，暗地里却对幕僚们表明角逐总理之位的雄心。只是，她决定并不过早投入角逐，以待两败俱伤之势。于是，表面上英迪拉按兵不动，频频出游度假，给世人以无意参战的印象；实际上她却时刻关注德赛和南迪之间的力量变化，养精蓄锐。

果然，形势的发展开始出现变化。德赛骄横固执，以唯一候选人的身份自居，不愿与人分享权力。这种独断的表现极大地伤害了党内辛迪加派的感情，使得他们非常不满。要知道，当时的辛迪加派在党内和政府中还是有较大势力的，并且擅长于幕后操纵。于是，他们决定阻止德赛上台，并开始物色新的候选人。而当时的代总理南达也不甘示弱，四处奔走，为其升任正式总理摇唇鼓舌，与其政敌斗得你死我活。

各派争斗愈发激烈，互相攻击，各不相让。在一旁静观的英迪拉因没有把自己的意图过早显露出来而免受各路政敌的发难。在公众心目中，英迪拉还是那个具有“蒙娜丽莎的微笑”的谦恭之人。

就在局势快要明朗的情况下，英迪拉不失时机地展开了行动。她凭借大名鼎鼎的尼赫鲁之女的特殊身份、党内各派及社会舆论对她无恶意等有利条件，大肆施展

其卓越的政治才能。终于受到时任国大党主席卡马拉奇的推举，并获得十个邦首席部长的支持，英迪拉遂对外宣布参选。

南达见称雄政坛无望便退出了竞选，唯有德赛欲与英迪拉决一死战。德赛对英迪拉大肆攻击和谩骂，而英迪拉仍然保持谦和的风度，令公众舆论大加赞赏。最终，英迪拉在议会两院中以超过德赛近200票的压倒性优势，成功当选为印度第三任总理。

为了自己所认准的政治使命，英迪拉付出得太多，牺牲得也太多。很多媒体多感兴趣于她的虚虚实实的风流韵事，却不懂得，作为漂亮、能干的女总理，不论她对男人有多少吸引力，不论她多么渴望与心仪的异性交往，她都不可能逃脱特殊身份的制约，也无法真正享受异性之恋的美妙。她曾表示，作为国家或政府首脑，她不应属于任何一个特殊集团。因为，英迪拉毕竟身为一位女性，却在以男性为中心的社会拥有着至高无上的权力，这必然意味着她要失去很多。

如今，每年的10月31日，德里的甘地夫人纪念馆都游客如云，摩肩接踵，他们来到这里缅怀这位在印度政坛叱咤一时的伟大女性。英迪拉·甘地在她的生命旅程中历经政治风雨，像夏天的花朵一样怒放过，绚烂过。

炼智

英迪拉之所以最终成功登顶，就在于她的韬晦之策。她看似无意争夺政权，实则是在静观其变，伺机而动。为了实现自己的图谋，英迪拉深藏不露，经过一番深谋远虑而后积极行动，最终达到了自己的目的。

悟理

在政治角逐中，让别人过早知道自己的某些"意图"，有时并不是件什么好事。真正聪明的人会在必要的时候装装糊涂，把自己的雄心壮志隐藏起来，让对方认为自己胸无大志，对他构不成威胁。这样不但可以自保，还可以积蓄足够的力量，到关键时候再奋力一搏。

编后记

2011年2月间，台湾女生连恩美的一本《我，睡了，81个人的沙发》，荣登“2011台北国际书展大奖”，马英九亲授颁奖词。同年10月，南方出版社将此书引进大陆，受到年轻读者的热捧。

书中的主人公连恩美自小家境优越，功课优秀，一直因循着“25岁工作，28岁嫁人，30岁生孩子”的标准人生规划。就在她面临出国读研，还是找一份令人羡慕的理想工作选择时，她对既定的人生轨道开始迷茫，不知道自己真正想要的是什么，也意识到任何书本都无法给出她人生的答案。于是，连恩美选择睡在81个陌生人家的沙发，独自去欧洲游学14个月。一个世人眼中渺小、脆弱的女生，却以最接地气的方式迎接异域的风。“从踏进某个人家的那一刻起，这个城市对我而言就不再只是一个观光景点……我逐渐触摸到这个城市的节奏与温度。”最终，连恩美在别人的沙发上发现真实的自己，找到自己钟爱的事业。

连恩美的成长历程恰似当今莘莘学子的缩影，他们从小学、中学、大学一路走来，往往被“读书”裹挟着，成了接受知识的容器，无暇与未来“做事”相链接，临到诸如高考、大学毕业这样的关键节点就迷茫起来。庆幸的是，连恩美勇敢地做自己，如愿地找到了努力的方向。《我，睡了，81个人的沙发》作为个案，正如一座桥，沟通了“读书”与“做事”；而对应试教育环境下的当代青少年来说，此书获得了某种象征意义。这触发了我们的思索：可否让“做事”的意识前移，使“读书”与“做事”相伴成长呢？

世界上并没有两片相同的树叶，就每个独一无二的青少年而言，注重个性培养，发掘其独具的兴趣、爱好点，并从“读书”路径中伴生出我们所期待的“做事”的富矿。“少年心事当拿云。”“少年强则国强。”青少年心存高远地去做关乎中华民族繁荣昌盛之事，这正是我们国家未来的希望所在。“中国青少年智慧阅读书系”便是基于励志、“做事”这样的初衷而策划的。

丛书采撷古今中外的政治家、军事家、说辩家、探险家、谍报家、推销大师在追寻梦想、成就伟业的过程中，在应对难于逾越的困境、挫折和坎坷时，以其卓越的谋略、智谋破解前路迷障，彰显大家本色和智慧炫彩的故事。有人说，智慧就像一把洒在汤里的盐，找不到摸不着，现在我们之所以聚焦世界历史进程中的风云人物，且定格于包含智慧内核的华彩故事，就是希望给青少年一个观察人类的宝贵智力遗产的制高点，品尝到生命中智慧盐的味道，触发并激励青少年立志于“做事”，勇于做有益于国家、民族，乃至于全人类的大事业，书写一个顶立于世间的大写的“人”。

这是一套励志成功的书，也是一套挫折教育的书。丛书中的时代精英在探索前行的路途中，不可或缺的是那一份家国的责任感，建功立业的雄心，百折不回的意志，滴水石穿的积累，一时的隐忍换得机遇的克制，参透人情、洞察世态的眼力……正如获得一个世界冠军需要上百种因素复合作用一样，成功的“做事”又何尝不是如此呢？

与此同时，我们也应当看到，作为智慧之光的谋略、智谋等，不是教训，也不是公式，更不是放之四海而皆准的真理，它只是给青少年“做事”提供了参考的范本和思考的空间。那些精妙的思维方式，对于打破陈旧、呆滞的思维定势，提升本身的“做事”资本，有着极为重要的意义。作为大有可为的青少年读者，既要珍惜这种人类共同的财富，也要学会健康地取用谋略。为此，在每一则故事，便特意附加“炼智”和“悟理”的板块。相信这样精心的设置能够引导青少年准确地领略故事的风采，把握谋略的精髓；从不同的角度悟得自己立身处世、搏击风雨、应变万千的准则。这不仅是一种鲜活的阅读体验，更是一次提升自我、丰富智慧的身心之旅。在品读谋略中，点亮智慧人生。